怎么会爱上你？

WHY LOVE YOU

李嘉 向琪 编剧　　周璇 著

湖南师范大学出版社

明暗交错的幻影里，这张忧伤的脸，留在了旧时光里。

图书在版编目(CIP)数据

怎么会爱上你/周璇著. — 长沙:湖南师范大学出版社,2011.3

ISBN 978-7-5648-0440-4

Ⅰ.①怎… Ⅱ.①周… Ⅲ.①长篇小说—中国—当代 Ⅳ.①I247.5

中国版本图书馆CIP数据核字(2011)第027042号

怎么会爱上你

李嘉 向琪 编剧

周璇 著

总 策 划:邬宏

统　　筹:黄露

责任编辑:邓筱 莫华

责任校对:袁学嘉

装帧设计:袁芳

出　　版:湖南师范大学出版社

地址/长沙市岳麓山 邮编/410081

电话/0731-88853867 88872751 传真/0731-88872636

网址/http://press.hunnu.edu.cn/

总 发 行:湖南天舟科教文化股份有限公司

地址/长沙市芙蓉区东二环二段194号天域新都商务楼5楼

电话/0731-82801357 82918792 传真/0731-82801356

邮编/410007

网址/http://www.t-angel.com/

印　　刷:长沙鸿发印务实业有限公司

开　　本:660×880mm 1/16

印　　张:16

字　　数:130千字

版　　次:2011年7月第1版 2011年7月第1次印刷

书　　号:ISBN 978-7-5648-0440-4

定　　价:26.80元

第一章

舒婉莹独自坐在床边，手里拿着一张请帖——“夏杰诚邀舒伯华先生、舒婉莹女士参加本人生日宴会……”舒婉莹的思绪逐渐飘到二十年前的那场婚礼。二十年弹指一挥间，就这么悄无声息地过去了。二十年了，当再次看见夏杰这个名字的时候，她心里依然充满了愧疚。那个像哥哥一样呵护自己、对自己毫无索求的人，他现在过得还好吗？

同样心事重重的人还有舒家的老爷子舒伯华。他坐在客厅里的沙发上喝茶，不时看看跟前茶几上夏杰送来的那张生日宴请帖。

在舒伯华看来，这无疑是一个机会。二十年前，女儿不听自己的话，毁了一生的幸福。现在，夏杰特意请自己跟女儿参加他的生日宴会，这代表他对舒婉莹还是有感情的。夏杰是一个重感情的人，如果夏天集团可以跟自己的MJ集团合作，那么MJ集团无疑会在传媒界占据绝对的优势地位。所以，一定要让女儿珍惜这个机会，不管是为了她自己还是为了MJ，她都不能再犯当年的错误。

正当他拿着请帖起身的时候，舒伯华看到女儿下楼，赶紧叫住她："婉莹，收到夏家的请帖了吧？"

舒婉莹小声地回答道："收到了。"

舒伯华摆了摆手说："来，先坐。"

舒婉莹走到舒伯华对面的沙发上小心翼翼地坐下。

舒伯华又说："这样吧，你就代表我们舒家去一趟吧！"

舒婉莹有些迟疑，她不知道应该怎样去面对夏杰，尽管已经过了二十年。

舒伯华看出了女儿的犹豫，马上说："这个宴会无论从个人角度还是公司角度来说，对于我们舒家都很重要。当初你逃婚在先，现在人家夏杰不仅不计前嫌，反而还专门让人送请帖过来。我明天有事不能去，但是你一定要去，就算是专程赔礼，也得去。"

舒婉莹知道父亲的决定是无法改变的，也不再说什么，只是点了点头。

这可怎么办哪？舒婉莹自然而然想到了儿子，自己这二十年来最大的心灵支柱就是儿子许彦行。如今儿子已经长成为一个高大帅气的青年，由于长期跟在外祖父舒伯华身边的缘故，他有超越同龄人的成熟与稳重。

就在这个时候，许彦行刚接到好友严彻的电话，让他去学校一趟，下楼却看到妈妈一副心事重重的样子，赶紧问道：“妈，你这是怎么了？”

舒婉莹回过神来，用无助的眼神看着儿子，有些犹豫地低声说：“彦行，你外公让我今晚必须去参加夏杰的生日宴会。可是……可是我一个人……怎么好去？”

对夏杰这个名字，许彦行并不陌生，每次外公大骂爸爸不负责任，都会提到他的名字。许彦行想了想，轻轻拍拍妈妈的肩膀，说：“妈，你先别慌，我下去找外公说一下，看看有没有其他办法。”

许彦行走到楼下，到舒伯华身边坐下，问：“外公，我刚刚听妈说她今天晚上要去夏家，是吗？”

舒伯华点点头。

许彦行知道自己如果说妈妈不想去，外公是不可能同意的。斟酌良久，许彦行说：“外公，这次夏家请我们参加晚宴是改善舒、夏两家关系的好机会，但是妈妈从来没参与过公司内部的工作，很多事情不太清楚，让她单独去的话可能不太妥当，要不我和妈妈一起去吧？先与夏家初步接触，如果时机合适的话再进一步洽谈具体事宜。”

舒伯华想了想，女儿确实不适合谈生意，而彦行，年纪虽然不大，但处事精明、果断，很有自己当年的风范，有他跟着，确实是可以放心许多。舒伯华点点头，同意了许彦行的提议。

学校里正在举行筹集善款帮助残疾儿童的公益活动。每个年级都有一个展区，且不同展区的主题活动不同，各个展区分散在学校大门两旁的路边。林瞳和夏誉雯所在的大二展区为二手书义卖。她们两个可以说是一见如故，每天只要在学校就形影不离。相比夏誉雯的清纯甜美，林瞳则多了一些独立坚强，两人走在一起就是校园里最为亮丽的风景。这时，她们正忙着摆放从各处收集来的书。

夏誉雯开玩笑地对林瞳说："大忙人，今天晚上有没有空？"虽然还在读大二，但因为有一对沉迷艺术、生活上不太靠谱的父母要养，林瞳已经在校外做了几份兼职。她几乎将所有的课余时间都用在了工作和练小提琴上，辛苦的同时，日子也过得非常充实。

林瞳笑着看向夏誉雯说："有啊，是不是想请我吃饭啊，那我随时奉陪！"

夏誉雯也笑着说："呵呵，是请你吃饭。不过得先帮我一个忙，很小的忙，嘿嘿。我爸爸今天过生日，我和我哥帮他办了一场生日宴会，想请你过来拉小提琴，怎么样？"

林瞳假装疑惑地说："这个……"

夏誉雯赶紧说："两顿饭，行不行？"

林瞳作出一副大义凛然的样子说："行啦，看在你这么诚恳的分上，就一顿吧。唉，都好长时间没在公众场合表演了，晚上我得好好露一手给你们看看。"

夏誉雯高兴地跳起来："我就知道你会答应的！"

林瞳突然想起什么似的说："你哥也会参加宴会吧？"

"是啊，他肯定会在。"

林瞳摇了摇头说："这家伙有点难缠，上次见到我就问个不停，我手机号你没告诉他吧？"

夏誉雯拍了拍林瞳的肩膀："当然没啊，我怎么能出卖好朋友呢？"

林瞳点点头说："嗯，够意思。"

夏誉雯调皮地说："呵呵，其实我也应该王婆卖瓜一回，其实我哥人还是不错的，要不你考虑一下？"

林瞳不屑地说："得了，要说我们家誉雯不错，我举双手赞成，要说夏誉希不错，我还真没看出来。"

林瞳所在的展区不远处就是许彦行负责的展区，他的展区主要是通过销售各种音乐 CD 来筹款。他和他的搭档用那些废旧的光盘把展区布置得很有新意，非常显眼，不时有人过去参观。

严彻正在展区前弯着腰调试音响，许彦行走过来问："音响怎么了，刚租来就坏啦？"

严彻是许彦行的哥们儿，跟许彦行的成熟稳重相比，多了一分儒雅的气息。他抬头看是许彦行来了，又埋头干活："没事儿，调一下音。要是刚用就坏了，我就直接给老板送回去。"

许彦行指了指严彻说："这事儿我相信你做得出来。前阵子咱们租人家的设备，被老板坑了，要不是你在，那家伙肯定让咱们买新的。"

严彻笑笑说："呵呵，那家伙就欠揍。"

许彦行想到那天的情景，对自己的好友很是佩服："看你当时的架势，还以为你会当场暴打他一顿呢，没想到你居然打电话给消协了。"

"呵呵，先把他镇住，断了他想坑钱的念头，然后让消协的同志们来收拾他。这可比动用武力给他留下的印象深。"要说打架，身为跆拳道高手的严彻还真不怕，一般人都不是他的对手。

许彦行一边帮严彻装话筒架一边说："跟你说个正事，我想再给吉他吧招个驻唱歌手，已经让托尼发了招聘启事，到时候有人应聘，你过来帮我把把关。"吉他吧是许彦行自己开的一个小店，喜欢音乐的严彻在里面给他当歌手。最近吉他吧的生意很好，显然，只有严彻一个歌手是不够了。

严彻爽快地答应说："没问题。我心里大概有个底，不过，最后还是要由你来定夺。别忘了，将来你可是要进入 MJ 集团做一流制作人的。"MJ 集团是许彦行外公舒伯华一生的心血，历经二十年的发展，如今已经成为一流的传媒集团。

许彦行笑笑说："得了，你就别笑话我了，我要是能选择，我情愿背着吉他去流浪。"

严彻拿过吉他，开始边弹边唱，他的歌声悠扬动听，一下子就吸引了很多人……

而学校门口，林瞳正忙着招呼摊位上的客人。夏誉雯一抬眼看到对面的展区很热闹，于是皱了皱眉头，对林瞳说道："他们那边怎么那么多人呀，把我们这边的人都吸引过去了。”

林瞳也朝许彦行所在的展区看过去，见严彻和许彦行正站在音箱旁有说有笑，她不无调侃地说：“有了那两个重量级的人物怎么可能不火暴，每次活动人气都被他们抢光了。”

夏誉雯点点头说：“嗯，同学们对他俩的评价都很高，我听说许多女生都把他们当成白马王子呢，说他们是我们学校的校草。不过也没见他们有女朋友呀。”

林瞳若有所思地看着许彦行所在展区，开玩笑地说：“你以为都像你哥哥呀？他们确实很有才华，经常会有一些很有创意的想法。今晚我们回去好好策划一下，明天也弄出点有新意的东西。”

夏誉雯连连答应：“嗯嗯，好主意。我现在去路边发发传单，应该能吸引一些人过来。”

这时展台前来了一个小孩子，七八岁的样子，没有大人陪着。林瞳一向喜欢小孩子，看到他胖乎乎的可爱样子，就俯下身问他：“小朋友，你喜欢哪本书啊？姐姐帮你拿，好不好？”

小男孩盯着一本漫画书不动，显然是看上了，指着那本书说：“姐姐，我想看那本书，就是那本，那本。”

林瞳微笑着把书递给他，他翻开书左看右看，舍不得放手。

小男孩摸着书，很喜欢的样子，问：“姐姐，这本书多少钱？”

林瞳笑着说：“呵呵，三块钱一本，姐姐卖你两块，好不好呀？”

他显然是没有带钱，很难过地说：“姐姐，我没钱的话，是不是就不能看这本书了？”小嘴不知不觉就撅了起来。

林瞳见他实在太可爱了，就把书递到他手里说：“那姐姐就把书送给你了，不过你得答应姐姐要好好学习，好不好？”

小男孩开心地点点头，拿着书蹦蹦跳跳地跑开了。林瞳笑着站起身来，从自己包里掏出三块钱递给展区上负责收款的同学。

这一幕正好被严彻和许彦行看到，两人的嘴角都不由得微微扬起。正当所有人都忙得差不多的时候，又有一个小男孩来到了林瞳她们的摊位前。咦？这不就是刚刚来过的那个小朋友吗？还看跟上次一样的漫画书……林瞳的注意力被那个小朋友吸引过去，走过去说：“小朋友，我刚才不是送了你这本漫画书吗？”

小男孩看着林瞳，不解地说：“刚才？我是第一次到这里来啊。”

林瞳惊讶地说：“啊？明明长得一模一样啊，难道是双胞胎？”

小男孩反倒是见怪不怪地说：“哦，你看到的肯定是我哥哥，我们是双胞胎，只是没有住在一起，我跟爸爸住，哥哥跟妈妈住。今天，爸爸妈妈带我们买了同样的新衣服，让我们一起玩。”

林瞳看到小孩子表情中有一点悲伤。是单亲家庭的孩子吧，父母离异，受伤害最大的就是小孩子了。想到这，林瞳笑着说：“呵呵，小朋友，姐姐这里有好多漫画书，你喜欢哪一本，姐姐就送你哪一本，好吗？不过，可不要因为看漫画书耽误了学习哦！”

小男孩高兴地点点头，冲林瞳晃了晃手中拿的一本漫画书：“我想要这本，姐姐，我要一本就行啦，谢谢姐姐！”

看着小男孩高兴地离开，林瞳觉得心里暖暖的。许彦行离得远，听不到他们说什么，只见林瞳又送书给刚刚的那个小男孩，心想这小孩子肯定是她找来的托儿，没想到看起来这么干净的女孩子，居然这么虚伪，她故作善良的样子，真是惹人厌。

过了一会儿，替许彦行负责吉他吧的托尼打来电话，说晚上有三个应聘者要来吉他吧面试，许彦行就拍了拍严彻的后背，跟他说了些什么，严彻马上摆出个“OK”的手势……

不知不觉，时间已经到了傍晚，林瞳准时赶到了夏家。刚到门口，她就发现夏誉雯已经在门前等自己了。今天，夏誉雯穿着一条可爱的小礼服裙，就像童话故事里的公主。而林瞳长发披肩，身穿一套朴素的长裙，提着一把小提琴，显得无比雅致脱俗。

林瞳被领进门后，看到眼前开阔的庭院和气派的房子，有些不适应。她拉着夏誉雯停下脚步，站在原地环视了一圈说：“誉雯，原来这就是你家啊？”

夏誉雯点点头说：“对呀，怎么了？早就叫你来了，你就是不肯来。”

夏誉雯牵着林瞳的手往前走，林瞳边走边看周围的花草和楼房，感觉像是进入了一个度假村。这地方也太大了，而夏家却只有三个人，果然有钱人的生活就是不同呀！不过林瞳还是比较喜欢自己的小窝，虽然是小了点，但却很温暖。

夏誉雯突然停下来了，犹豫了一下说：“对啦，林瞳，我还想请你帮一个忙。”

林瞳很少见爽朗的夏誉雯有这么犹豫的时候，就很痛快地说："说吧，我是有求必应。"

夏誉雯有些不自然地说："今晚的宴会上，有位阿姨要过来。二十年前，我爸喜欢过她，直到现在，也还是喜欢她。今天晚上有一个开场舞会，我想让你先帮我爸温习一下舞步。"

林瞳没想到，夏誉雯的爸爸居然这么痴情，会喜欢一个女人这么多年，这点和他的儿子差别真是太大了。林瞳心里对誉雯说的那个阿姨产生了莫名的好奇感，不知道那是一个怎样的女人，可以让这个夏老板苦苦守候这么久。林瞳很爽快地点头答应下来，夏誉雯这才开心地跑去叫爸爸。

林瞳慢慢地在庭院里走着，等着夏誉雯把夏杰请来。她随意浏览着周围的景色，走着走着，就在一片草地旁停住了。太阳正在慢慢落山，金灿灿的光辉映满了天际。她深深地沉醉在这怡人的黄昏中，仰起头安静而又温柔地接受这美好的一切。

这时，夏誉希正从门外进来，远远看到一个少女，身着长裙，秀发顺直，拿着一把小提琴，沐浴在夕照里，微风习过，清新纯净……夏誉希被林瞳深深地吸引住，站在不远处静静欣赏着林瞳的一举一动。

过了一会儿，他的嘴角斜斜地扬起一抹微笑，走到林瞳的身边，带着他那意味深长的笑容问道："你怎么会在这儿？"

林瞳匆忙回过神来，转过头看了看夏誉希，就淡淡地说："怎么了？我今天过来拉小提琴。"

夏誉希盯着林瞳说：“你真漂亮！”

林瞳被夏誉希的眼神弄得很不自在，微微皱起眉头，冷冷地说：“谢谢。”

然后她便想离开，却被夏誉希挡住了去路。

林瞳有些生气地说：“你还有事要做的吧，今天你爸爸生日，你应该很忙才对啊。”

夏誉希却嬉皮笑脸地说：“跟美女聊天也是我的分内之事啊。你真的不打算留个电话号码给我？”

“我没这个兴趣，不打扰你了，再见。”林瞳不理会夏誉希，转身往前走去。

夏誉希正要追上去，这时夏杰正好走过来，看到儿子，赶紧问：“誉希，晚上有宴会，你应该不会出去吧？”

夏誉希却很冷淡地说：“不知道。”连脚步都没有停下，径直从夏杰身边走过。

夏杰看着夏誉希离去的背影，眼睛里充满伤痛与无奈。如今他已到中年，由于岁月的沉淀和物质生活的优越，身上有一股沉稳的贵气。

自从妻子过世后，那个曾经活泼开朗的儿子就像完全变了一个人，懒散、愤世、不求上进，他用自暴自弃的方式，来报复夏杰对他母亲的忽视。夏誉希一直都在怪着夏杰，在恨着婉莹，在他眼中，夏杰不是一个好父亲，更不是一个好丈夫。

第二章

生日宴会马上要开始了，夏家庭院里灯火通明，人头攒动，一派热闹的景象。这时，一辆黑色的轿车停在了夏家门口，许彦行很快走下车，从后座里接出了舒婉莹。舒婉莹看到楼房里热闹的人群，站在门口犹豫着不敢进去。她有些焦虑，整理了一下裙子，又弄弄盘好的发髻，有些紧张地说：“彦行，我们在外面站一会儿再进去吧？”

许彦行把手轻放到舒婉莹的后背上，温柔地说：“妈妈，您不要紧张，有我在，没事的。”然后向母亲伸出胳膊，婉莹于是挽着许彦行，努力让自己镇静，尽力展现出自己最好的状态，优雅从容地朝里面走去。

林瞳正站在庭院里拉小提琴，悠扬的琴声不时吸引着一些宾客赞许的目光。舒婉莹挽着许彦行走进了大门，仿佛有感应一般，夏杰在第一时间转身看到了那张阔别了二十年的脸。舒婉莹在他的眼中还是如此的熟悉，就好像早上去上班道别离开，晚上回家又再见到一般。而再见时，她风韵更甚。

多少年来，在那个举办婚礼的小楼后院，舒婉莹和许建跪在他面前告诉他，他们已经有了小孩，希望他放过他们的那一幕时不时地出现在他的梦里。那是怎么样的一种痛心啊。如今，他已经有了一双儿女，只是妻子早早过世了。一想到妻子，他就无比愧疚和感伤。那也是一个如婉莹一样温柔动人的女子，自己也很想去好好地爱她，珍惜她，可是，当心中被一个人填充得满满的时候，就再也没有位置留给另一个人了。他不时悔恨地想，如果自己对妻子有对婉莹一半好，她还会不会那么早就离开呢？

他抑制住内心说不出的复杂心情迎上去，因为激动和喜悦，他的脸在微微颤动："婉莹，谢谢你能来，这是彦行吧？"

"谢谢你今天邀请我们过来。对，这是我儿子许彦行。彦行，这是夏叔叔。"舒婉莹的声音有些颤抖，她看到夏杰的眼神，依旧如当年那般充满怜爱。

许彦行见两位长辈有些失态，赶紧圆场说："夏叔叔，您好，祝您生日快乐，笑口常开！我外公有事儿不能亲自过来，让我代他向您问好，还让我给您带来一份生日礼物。"

夏杰看到许彦行这么有礼貌，从心里喜欢，说："哈哈，好懂事的小伙子啊，我也祝你今天晚上过得开心。”

他高兴地领着许彦行和舒婉莹走进庭院，周围的宾客都注意到他们，其中不乏二十年前婚礼上的老朋友。舒婉莹不由得紧张起来，而夏杰也感觉有点不自然。许彦行瞟了几眼往这边看的宾客，紧紧靠近母亲。

夏杰一边走一边对许彦行说：“彦行啊，听说你在滨江大学读书？”

“是的，夏叔叔。”许彦行彬彬有礼地回答道。

夏杰随口说：“和我们家誉希一样啊。”

许彦行笑了笑，对夏誉希，对于全校闻名的公子哥儿，他打心底里看不惯，自然也没办法恭维什么。舒婉莹在他俩中间感觉越来越紧张，许彦行于是轻轻地握了握母亲的手。

夏杰对舒婉莹说：“你想喝点什么自己拿，我去那边招呼一下，随后就过来。”他走的时候对许彦行说：“彦行，你也过来。”

舒婉莹听说他要走，放松了很多：“好，你去忙吧。”

这时，一个熟人向舒婉莹走来，说：“婉莹，好久不见啊。”

舒婉莹一看是老同学，赶紧招呼：“是百合啊？你好，好久不见了。”

“是呀，这些年你都不愿意出来走动走动，咱们相聚的机会太少了，呵呵。你还是那么漂亮，一点都没老，我记得上次见你……有几十年了吧？还是在你和夏杰的婚宴……啊，瞧我这嘴，不提了不提了，你啊，还是多出来见见老同学、老朋友，多聚聚嘛……”

一提起当年的婚宴，舒婉莹又开始不自在起来。自己，终究是欠了那个男人啊……

这个时候，夏杰则忙着给许彦行介绍生意场上的朋友。才见第一面，他就很喜欢许彦行，觉得他不但成熟、稳重，而且懂事，最重要的是，他是婉莹的儿子。

许彦行见时机不错，便向夏杰提出了合作的事："夏叔叔，外公说您不仅能力很强，而且儒雅有风度，今天第一次见面，发现真是有过之而无不及呢。"

夏杰看着许彦行笑笑说："呵呵，彦行太会说话了，是舒老爷子过誉了。最近他老人家身体还好吧？"

许彦行客气地说："外公身体很硬朗，还一直在操持着公司里的事。我经常听他念叨，说很想跟夏叔叔的公司合作呢。外公的公司最近正在和夏普手机商谈关于合作宣传的事情，不知大家能不能借着这个机会迈出合作的第一步呢？"

夏杰突然想到了自己的儿子，要是誉希也能这么懂事该多好呀，然后很快回过神来说："好啊，回去后代我向舒老先生说，能和舒老先生合作是我的荣幸，等你们的方案出来之后，我会跟你们进一步商谈。"

许彦行也说："好的。您先忙，夏叔叔。"

夏杰冲许彦行点了点头，走开了。许彦行从服务生手中拿过两杯饮料，一杯递给舒婉莹，小声地对舒婉莹说："妈，既来之则安之嘛，这里有我呢，您放心！"

舒婉莹舒心地笑了笑，看着许彦行，点了点头。

而在这觥筹交错的喧闹背后，夏誉希在某个冷清幽暗的角落里，冷冷地看着不远处舒婉莹和许彦行的一举一动，脸上满是不屑的表情。看着父亲那么温柔地照顾那个女人，他觉得自己的心就像在被撕扯一般。这个男人，恐怕早就忘记妈妈了吧，但自己不会忘记，永远也不会。想到这里，夏誉希走到客厅的钢琴前坐下，弹起了悲伤的《Tear》。——这是妈妈生前最喜欢的曲子。夏誉雯听到熟悉的琴声便走了过来，犹豫了一会儿，柔声地说："哥，今天是爸生日，别弹这么忧伤的曲子，好吗？"

夏誉希故作轻松地笑笑说："我看我还是出去转转比较好，眼不见心不烦，走了啊。"说完，头也不回地夺门而出。

一场本就是心潮暗涌的生日宴会，因为夏誉希的离去让气氛变得尴尬，也无形中加重了舒婉莹心里的罪恶感。

万籁俱寂的江边一间酒吧内，灯光昏暗，夏誉希独自一人坐在吧台边，耷拉着脑袋，任凭手边的空酒杯在眼前滚来滚去。就这么迷迷糊糊地耗了半个钟头，他才用手撑起头，尽力睁开双眼，打开钱包，抽出一叠钱扔在吧台上，起身离开，刚走了几步，接着就往旁边一倒。酒吧服务生见状赶紧上前扶住他。夏誉希不耐烦地一把推开服务生，把钱包胡乱塞进裤口袋，又摇摇晃晃地往外走。酒吧门口不远处，一个小混混躲在暗处靠墙站着，刚刚门内发生的一切，都被他看在眼里。

夏誉希在人少的街上跌跌撞撞地踢着地砖，完全没发现还有个人一直紧紧跟在他的后面。那个人见夏誉希拐进了一条漆黑无人的小巷，便快步追了上去。

酒吧旁边的这条小巷里，平时没人经过，也没有路灯，只有些许月光洒在地上，却更显幽暗了。夏誉希醉醺醺地撑住墙，有点想吐的感觉。猛然间那小混混就冲上来，把刀架在夏誉希的脖子上。

锋利的刀刃在月光下闪着寒光，夏誉希顿时清醒了不少，知道自己不幸遇上抢匪了。

小混混恶狠狠地说："小子，挺有钱的嘛！都拿出来吧，别让我亲自动手啊！"

夏誉希惊恐不安地往外掏着随身财物，虽然自己平时在学校也不怎么老实，偶尔打打架什么的，但被人用刀架在脖子上，还是头一遭。他很快掏出皮夹给了小混混，却不想顺带还抽出了一条项链。

夏誉希一见小混混要拿走项链，立刻就急了，但又不能跟他起正面冲突，只好小心地说："那个……把项链留给我，行吗？"

小混混轻蔑地笑着说："没听说过抢劫还有讨价还价的啊。"

夏誉希继续央求道："其他的东西你可以都拿走，但是那条项链我真不能给你。"

小混混仔细察看着手中的项链，不耐烦地说："少废话！这么名贵的项链，肯定能卖个好价钱！"

夏誉希趁小混混不注意，观察了一下周围的情况，看到脚旁有根木棍，快速地抓起木棍朝那个小混混挥了过去。

因为夏誉希醉得不轻，加上小混混反应挺快，这一棍被他闪身躲开了。夏誉希使出全身的力气却扑了个空，于是重心不稳地向前栽去。小混混立刻怒气腾腾地扑上去，抓住夏誉希开始拳打脚踢。

这时，在他们身后突然有人大叫一声："住手！"

原来是严彻刚从酒吧回家，正好路过这里。小混混回头看了他一眼，转身继续打，边打边说："少他妈给我多管闲事啊，还不走接下来就是你……"

不等他说完，严彻直接一脚扫过去，将他踢倒。

小混混迅捷地爬了起来，亮出刀子恶狠狠地挥向严彻："你他妈找死！"

严彻飞起一脚踢飞他手中的刀子，接着一脚把他踢翻在地，不屑地说："看看是谁在找死。"

小混混自知不是对手，龇牙咧嘴地爬起来准备开溜，严彻两三步跨过去抓住他，将他摁到墙上说："人走可以，把不属于你的那些东西留下来。"

小混混不情愿地把从夏誉希那抢来的钱包和项链等都掏了出来，然后哀求说："大哥，东西都在这了，您就放过小弟这一回吧。"

严彻挥挥手，小混混马上头也不回地跑了。夏誉希瘫在地上一时还没回过神来，愣愣地看着严彻。严彻走过去扶起受伤的夏誉希，把东西都交还到夏誉希手里。夏誉希感激地看着严彻，手里紧紧攥着那条项链……

生日宴会结束后，夏杰送许彦行和舒婉莹到门口。许彦行又趁机提到合作的事，夏杰一口应承。林瞳和夏誉雯站在夏杰的后面，正好看到了这一幕。听到许彦行借着夏杰对舒婉莹的感情谈起生意来，林瞳很是反感。

她皱起眉头，摇了摇头小声说："不愧是校内的风云人物哇，居然利用他妈跟你爸的关系做起生意来了，真是想不到啊，想不到。"在她心中，感情就应该是纯洁无瑕的，不应掺杂任何一点物质利益，对这种利用他人感情来达到自己某种目的的人，她打心底里看不起。

夏誉雯替许彦行解释："你说许彦行啊，他应该没有你想的那么坏吧，我爸好像很欣赏他，还从没看见他对其他人这么照顾过。"

林瞳知道，在夏誉雯单纯的眼中，这个世界是没有坏人的。林瞳还是坚持自己的意见说："我就是受不了他这种目的性这么强的人。誉雯，我先走了。你爸和他们在道别，我就不过去打扰了。你等他得空了，帮我说一声吧。"

正在这时，严彻骑着摩托车把夏誉希带到了门口。车刚停好，夏誉希就跳下来，醉醺醺地打量着眼前的几个人，然后走到舒婉莹和夏杰面前说："没有我在场，今晚你们过得……哼哼，很愉快吧？"

夏杰拉住夏誉希的胳膊担心地问："誉希，你干什么？怎么喝得这么醉？还满身是伤？"

夏誉希甩开夏杰的手，冷冷地说："不用管我，你只要负责和那女人卿卿我我就行了。"夏杰听到儿子的话，为了不让舒婉莹难堪，便强忍住怒气，示意一旁的陈助理把夏誉希拉进房去。

夏誉希恼火地边反抗边大叫："干什么拉开我！觉得我很丢人吗？某些无耻地破坏别人家庭的人都能厚着脸皮待在这里，你们凭什么赶我走？"

夏誉希的大闹引得其他还未离开的宾客都过来看热闹，一些知道夏杰跟舒婉莹往事的人，已经在窃窃私语了。舒婉莹觉得那些异样的目光，那些闲言碎语，就像一把把刀子往自己的心里刺了进来……

许彦行感觉到了妈妈的害怕，他紧皱眉头，强压着怒火，抱住舒婉莹颤抖的肩，如果不是怕妈妈担心，他真想冲上去狠揍夏誉希一顿。

夏誉希接着又转过来对着舒婉莹大喊："你还装什么可怜？我爸就因为你才会负了我妈那么多年。我妈郁郁而终，她才是最可怜的，你这个杀人凶手！"

夏杰终于忍不住了，怒斥道："你到底在说些什么！"

怒火中烧的许彦行冲上去一手抓起夏誉希的衣领，正欲一拳揍下去，却被及时冲过来的严彻拉住了。

情绪激动的许彦行此时不管不顾，对着严彻大喊："你放开！"

严彻紧抓着许彦行的手，眼神坚定地盯着许彦行。许彦行与严彻对视了一会儿，终于从盛怒中清醒过来。如果自己这会儿跟夏誉希打起来，为难的只能是妈妈和夏叔叔，甚至还可能会影响双方的合作……想到这里他闭上双眼，咬紧牙点了点头，放下了拳头，松开了夏誉希的衣领。

这时，不胜酒力的夏誉希摇晃着差点跌倒，严彻一把稳住夏誉希的身体，旁边的陈助理和夏誉雯赶忙上前扶住他。

夏誉雯感激地看了一眼严彻，说："谢谢你。"如果不是他，今天许彦行肯定会和夏誉希打起来，到时候这个生日宴可真就全毁了。

"没事儿，你们把他扶进去吧，他喝多了。"严彻把夏誉希交到她手上。

已经被妹妹扶进门的夏誉希突然又回头对着门外大喊："杀人凶手！你，你就是杀人凶手！"

夏杰尴尬地回头看了看夏誉希，既惭愧又歉疚地朝许彦行和舒婉莹赔不是。自己能怎么办呢？一边是儿子，一边是自己深爱多年的人。他也知道今天夏誉希太过火了，简直不可原谅，但是因为对妻子的愧疚，让他无法理直气壮地斥责儿子。毕竟，让他小小年纪就失去母亲，这个债，注定要背负一辈子。

宴会不欢而散，许彦行带着惊魂未定的舒婉莹离开了，只留下夏杰呆呆站在原地，久久未动。

第三章

夏誉雯和陈助理一起将夏誉希扶到床上，夏誉希极度疲惫地睡了过去。夏誉雯帮哥哥脱掉鞋子，并拿来医用棉蘸上酒精准备为伤口消毒。这时，夏杰走了进来，要过女儿手中的医用棉，小心翼翼地为夏誉希擦拭起伤口。

夏誉雯知道今天最为难的就是爸爸，哥哥酒后的话严重地伤了爸爸的心，她赶紧安慰他说："爸爸，您还记得我跟哥哥很小的时候的事吗？"

夏杰看着女儿，慈爱地说："怎么会不记得，那时候你和誉希总爱围着我转，成天嚷嚷着要玩骑马、玩空中飞人，缠着我给你们讲故事。"

“那时候您可是哥哥心中的大英雄呢。”

夏杰看了看睡着的儿子，有些欣喜地说：“真的吗？把我当成大英雄？”

“是啊，那时候，只要有坏孩子要欺负我们，哥哥就会这样，”夏誉雯学着夏誉希的样子，压粗了嗓子说话，“你们都走开，小心我爸爸叫九头龙来把你们都叼走！”

夏杰听了女儿绘声绘色的描述，开心地笑出了声。然后又看着熟睡中的儿子，想到他再也不是那个会缠着自己、信赖自己的小男孩了，又皱起了眉头。

夏誉雯见爸爸仍无法开怀，便握住他的手：“爸，现在哥哥对您的叛逆，是因为暂时还无法放下心中的包袱，但是我想，哥哥心里对您的爱是永远不会变的。”

夏杰感动地看着女儿，摸了摸夏誉雯的头，心想要是儿子也这么懂事那该多好。然后他继续帮夏誉希擦拭伤口，看到儿子的一只手还紧握着，就轻轻地帮他展开，冷不防一条项链滑了下来。

夏誉雯看着项链，惊讶地说：“爸，这条项链不是你送给哥哥的成人礼吗？”

夏杰捡起项链凝视着，想起自己送儿子这条项链时，儿子看都没看，就让自己放在桌子上，没想到，他居然会一直随身带着，就算是受了伤也不肯松手。想到这，夏杰握住儿子紧攥项链的那只手，欣慰地看着儿子，这时夏誉希也下意识地向爸爸怀里靠近。那一瞬间夏杰仿佛看到了小誉希张开小手开心地跑向自己……

舒婉莹站在镜子前，轻轻皱着眉看着镜子中的自己发呆。二十年了，自己老了，他也老了。这些年，他为自己牺牲了那么多，要说自己一点感动也没肯定是假的，只是，已经过了这么多年，又能怎么弥补呢？

这时，许彦行走过来抱着母亲的肩膀，安慰她说："妈，怎么还不睡？宴会的事情不要放在心上了。"

"嗯，妈妈没事，有你在身边，妈妈什么也不怕。"舒婉莹握了握儿子的手，觉得自己温暖了许多。

许彦行笑着说："那您就别老皱着眉头了，笑一笑嘛。"

舒婉莹看着儿子笑了笑说："彦行，一会儿不要跟外公提宴会的事情，好吗？"许彦行心疼地看着母亲，点了点头，在心里说：妈，你在外公面前的卑微不会持续太久，相信我，我会一直努力到外公真正接纳我们为止。

许彦行从妈妈卧室出来，走到客厅，正好遇见了刚刚回来的舒伯华，迎上去说："外公，您回来了？"

舒伯华看着许彦行点了一下头说："嗯，彦行，今晚的生日宴情况怎么样啊？夏杰对你们的态度怎么样？"

许彦行扶舒伯华坐下，说："很顺利，夏叔叔待我们很热情，还叫我替他问候您呢。"

"嗯。"一提到夏杰，舒伯华就觉得惋惜，如果当初女儿肯听自己的话嫁给他，也不用受这么多苦了。其实虽然平时他对舒婉莹非常严厉，但在心里，还是很疼爱这个唯一的女儿的。

“彦行啊，和夏家合作的事儿，我打算交给你妈妈处理。”

听外公这么说，许彦行有些替妈妈担心：“可是妈妈从来没有参与过公司内部的事情啊，这样合适吗？要不我……替妈妈去……”

舒伯华却很直接：“不用说了，我已经决定了。”

其实，他更希望女儿利用这次机会跟夏杰复合，不仅仅是为了MJ集团，最重要的是，他相信夏杰会给女儿幸福。

“是，外公。”听外公的口气这么坚定，许彦行便不好再说什么了，脸上的担忧却越来越深了。

许彦行的神情舒伯华看在眼里，但是却故意岔开话题说：“彦行啊，以后公司的事情会逐渐交给你去做，现在你的经验还浅。”

许彦行谦卑地说：“嗯，外公，我知道了，我会继续虚心学习的。”

舒伯华叹了口气说：“嗯，商场上的事儿啊，可不像你们想象的那么简单，尔虞我诈，难哪……”

这一天早晨看似和平常没什么两样，可是林柯梦和于丹青却双双正襟危坐，面露不安。

不一会儿两人听到一声大叫，同向一间卧室门口看去。林瞳冲了出来，激动地看着父母喊：“谁能告诉我，我抽屉里千辛万苦攒够的学费，哪儿去了？”

两人一脸尴尬，林柯梦站起身一把抱住林瞳，怯怯地说：“小瞳，艺术即生命啊！如果金钱能够为艺术而牺牲，你不觉得那份金钱都会散发出圣洁的光辉吗？”

于丹青也来抱住林瞳说：“而且我们并没有完全抛弃金钱，我们决定把艺术和金钱结合起来，等赚到了钱，你就不用这么辛苦了。”

林瞳从他们的怀抱中挣脱出来，认真地看着他们说道：“爸，妈，听到你们这样说我很感动。但是，下次你们能不能改一下台词？你们赚到的我的学费呢？”

林柯梦和于丹青异口同声：“亏了。”

林瞳闭上眼深呼吸平复了一下情绪，点点头，冷静地说：“料到了。说吧，这次是怎么亏的？”

于丹青顿了顿，说：“事情是这样的……”

原来林瞳父母带着一群青年艺术家来到某商场，做一次环保行为艺术展。他们用沙子和树木把广场堆得仿佛沙漠一般，然后几人作上吊、服毒等静态自杀表演。于丹青用颜料把自己画得满身鲜血淋漓，躺在地上假装死掉，林柯梦扑上去用悲凄的声音大声控诉：

“浑然未觉的人们啊，用贪婪与无知摧毁着大地。现在，地球在流血，在哭泣，若是人们无法醒悟，终有一天，人类会失去哭泣的权力。”

他们的行为令商场客人惶恐不安，小孩子看见这场面都放声大哭，看热闹的客人们都吓得离开。商场负责人气急败坏地把他们轰了出去，原来承诺的赞助费当然也没有了。而这次活动的所有费用，都是林瞳父母支付的……

林瞳听完父母的叙述后，无奈地看着父母说：“不是吧，你们跑到商场去搞纯艺术？这不等于直接把钱往水里扔吗？”

林柯梦心虚地说：“我们以为，艺术是不分地域的，是能跨越一切的嘛！”

林瞳没好气地说：“再怎么艺术，再怎么跨越，也不该去商场吓唬小孩吧？你们这样闹腾，我是商场的我也不给你们钱。”

于丹青低下头：“那好歹已经亏了，现在该怎么办啊？”

林瞳摆摆手说：“算了，亏都亏了，我还是出门吧。”

“你出门干吗去啊？”

“打劫去啊。”

夏誉希宿醉醒来，拍了拍晕晕的头，看到自己身上包着的纱布，坐着发了会儿呆，接着便揉揉腰和腿，走到门边，打开房门，蹑手蹑脚地到走廊护栏前，看见父亲坐在楼下客厅的沙发上等自己，便连忙溜进夏誉雯的房间。

夏誉雯正对着昨晚拍到的严彻的照片发呆。夏誉希不声不响走上前去一把抢走照片，吓得夏誉雯一激灵，去抢照片，夏誉希拨开妹妹的手看着照片说：“这不是昨晚送我回来的那小子吗？”

夏誉雯赶紧转移话题说：“是啊，他骑摩托车送你回来的。你当时满脸是伤，是怎么一回事啊？”

夏誉希意味深长地看着夏誉雯说：“我还没问你呢，大清早的，拿着一张陌生男人的照片看得心花怒放的，怎么了呀，我的好妹妹？”

夏誉雯满脸通红地辩解说：“谁心花怒放了？真是的……而且现

在也不早了好吧……”

夏誉希一看就知道妹妹肯定是喜欢上这小子了，不过这小子看上去不错，昨天还救了自己，就接着开玩笑说：“得了吧，明明是大清早嘛，天气清爽得很。喜欢就直说嘛，哥帮你。”

夏誉雯被哥哥取笑，害羞地别过头去不理夏誉希。

“呵呵，都不好意思啦？嘿嘿，凭哥在恋爱方面的经验，你要想搞定那小子跟玩似的。不，应该是比玩还要简单，不过，你现在得先帮哥一个忙，”说着冲着门外努了努嘴说，“去吧。”

夏誉雯不情愿地念叨：“又是我去啊？”

夏誉希却继续取笑道：“就咱俩，我是受害者，你不出手谁出手啊？要不要我给你描述一下昨天晚上严彻的飒爽英姿？”

客厅里，夏杰正在沙发上等着夏誉希酒醒下楼，脑海里浮现出昨晚与舒婉莹跳舞的场景，想到开心处，便坐在沙发上情不自禁地伸开双臂比划起动作来。

而这边夏誉雯听完严彻的英雄事迹后，打心底里对严彻仰慕。作为交换条件，她要把夏杰骗到花园里，好让夏誉希偷跑出去，于是夏誉雯就发动撒娇攻势，把爸爸拉到了花园。虽然明知这一切都是他们俩策划的，好让夏誉希躲开自己，但是夏杰无可奈何，只能再找机会跟儿子谈了。

“爸爸，您对舒阿姨的念念不忘，直到昨晚我才真正理解。”夏誉雯回想起舒婉莹的样子，很欣赏地说，“她是那么出众脱俗，即使岁月也没有磨去她的风采，反而更添了一份成熟的韵味，也怪不得爸爸这么多年一直想着她，她确实值得。”

夏杰感激地看着女儿说：“雯雯，谢谢你的理解。”

夏誉雯充满好奇地问：“爸，你跟舒阿姨之间，是爱情吗？”

夏杰想了想说：“虽然一直都是我在单方面投入，但是我觉得这也是爱情。因为我从中能获得幸福感。”

“幸福感啊，那在您眼里，爱情究竟是什么样的呢？”

“可能是一种想要而得不到的美丽吧。不管她对你再怎么冷落，你仍是满心只想讨她欢喜；不管她离你多远，你心里永远有她的样子，想到她你都会觉得幸福。”

夏誉雯疑惑地问：“得不到回应的爱，也能感到幸福吗？”

夏杰坚定地说：“当然可以，你爱的是那个人，而不是那个人当时给你的回应。真正的爱情，就是不计回报地付出吧，然后从中感知自己的存在。”

夏誉雯若有所思地点点头，不过她还是希望自己的爱情不要这么辛苦，最好，自己喜欢的那个人，也刚好爱着自己。

夏杰看着女儿发呆的样子，意味深长地说：“如果一旦你确定了那一个对的人，一定要努力争取，不要错过了。”

突然响起一阵汽车引擎的发动声，打断了父女的聊天。夏杰看着夏誉雯，笑着说：“誉希出门了吧？”

夏誉雯没有作声，然后故意转移话题：“爸爸我们回去吃早餐吧，我肚子好饿。”说完，便不由分说拉起夏杰的手就向房里走去。

为了重新凑齐学费，林瞳又去找了一家健身房兼职教芭蕾舞。她走在挺拔站立的学员方阵中，向大家介绍道：“芭蕾给人一种袒露的、直接的、优雅而又庄重的美感。芭蕾的动作强度不是很大，但是更强调肌肉的耐力和身体的柔韧性，要求细节到位。练芭蕾还可以学会控制自己肌肉的方法。好，我们来复习一下刚刚教的芭蕾的动作。”

林瞳一边说一边自己做出示范：“双手自然下垂，从手肘到手腕处弓起分别形成两条圆弧，放在身体的前面，双手的中指相对，并留有一拳的距离……”

学员们都认真地照着做，其中有一个做得不太标准，林瞳走上前帮她纠正：“手臂放低一点，自然放松，两指尖距离拉开一点……”

不知不觉，一堂课的时间就过去了。林瞳看了看手表，拍拍手宣布下课。

凑巧的是，严彻也正好来这家健身房应聘兼职跆拳道教练。刚走到经理办公室门外，他正要敲门，一个穿着暴露、化着浓妆的妖艳女人从不远处的一扇门里走了出来。她看到严彻后，立刻走上前媚笑着叫唤：“帅哥。”

严彻还以为是工作人员叫他去面试，虽然十分讨厌这样的女人，但还是客气地问：“请问我现在可以进去面试了吗？”

“面试？啊，我现在就可以跟你面试啊。”妖艳女说完就把手向严彻的胸膛伸去。

严彻惊讶地把她的手甩开，怒吼道：“你干什么！”

这时，健身房经理从办公室走出来刚好看到严彻甩开妖艳女的手，而妖艳女一见经理就立刻大叫起来：“他刚刚想非礼我，被我推开了，接着居然还想出手伤人，这样的人渣，你们要招进来吗？”

严彻不可置信地看着妖艳女，说：“我非礼你还出手伤人？我疯了吗？刚刚明明是你在招惹我！”

“经理你可听见了啊，我只是穿得性感了点，人长得漂亮了点，这就惹着他了！要流氓就承认呗，不丢人！”妖艳女嘴一斜，很无耻地说。

严彻气愤地想继续争辩，却被经理打断，他对着严彻生气地说道：“如果你不想要这份工作，可以趁早走人！”

这时，下课路过这里，正好看到整件事情经过的林瞳忍不住走过来打抱不平：“经理，事情并不是刚才这位小姐说的那样，我看到了事情的经过，是她冒充工作人员调戏这位先生的。”

妖艳女惊怒道：“你说话得负责任！”

“那你说话也得负责任，”林瞳指指墙上的摄像头，“要看看监控录像吗？”

妖艳女自知理亏，她尴尬地理理头发，对经理和林瞳撂下了狠话：“你们多大的一家健身房啊，欺负顾客是吧？我以后要跟所有我认识的人说，你们健身房包庇色狼！”说完转身恨恨地扬长而去。

健身房经理看着林瞳不满地说：“你跟顾客较什么劲哪？”

林瞳分辩道：“本来就是她的错啊。”

经理不耐烦地说:“顾客就是上帝，顾客错了就是我们的错。好了好了别说了，你那预支工资的事也别提了吧。”

林瞳很气愤:“经理，认错也要分情况，像她这样我无法忍受，我想我不适合这里，请您再找老师吧。”说完和严彻一起走出了健身房。

工作丢了，这下学费又没指望了，林瞳开始心烦意乱起来。严彻心里很是不安，歉疚地说:“不好意思，连累你丢了工作。”

林瞳听了微笑着说:“这不怪你，那个经理，做事也太没原则了。还有那个女人，倒打一耙，特恶心。”

严彻认真地说:“说实话，我真没法应付那样的女人，要是个男人，我一拳过去也就解决问题了。”

林瞳笑道:“呵呵，看来你还是个暴力崇尚者。别谢我了，你工作不也没谈成嘛。”

严彻想想了说:“没事，我在酒吧还兼着职呢。嗯，如果你想找活儿，我可以带你去我驻唱的吉他吧看看，那里最近在招人。”

林瞳感激地看着严彻说:“好啊，谢谢你。”

第四章

严彻将林瞳带到吉他吧，就听到排练室传来一阵阵急促的鼓声，林瞳诧异地看着严彻，不清楚这是怎么回事。严彻解释道：“排练室，平时吉他吧的乐手都在那里练习。”

“哦，你们弄得还挺认真的，现在还有人练习啊？”林瞳有些惊讶地说。

严彻笑着说：“应该是我们老板。”

“你们老板？”林瞳对这个热爱音乐的老板产生了兴趣，不知道严彻的老板是个什么样的人。

“呵呵，他平时就喜欢打打鼓放松下心情。”

林瞳好奇地说："看来这老板挺有性格的啊。"

严彻笑道："进去看看就知道了。"说完推门而入。

进去后，就看到许彦行正在排练室内激烈地挥舞着鼓槌。

严彻大喊一声："彦行！"

许彦行听到严彻的声音，停了下来，抬起头，就在那一瞬间，他和林瞳的目光相遇了。林瞳看到许彦行，稍稍有些吃惊，没想到他居然就是这个吉他吧的老板。许彦行看到林瞳也愣住了，然后很快回过神，放下鼓槌走了出来。

严彻把一旁拿着小提琴的林瞳向许彦行介绍说："彦行，我们吉他吧不是缺乐手吗？给你介绍个人，林瞳。她会拉小提琴，要不听听她的演奏？"

许彦行看了林瞳一眼，冷淡地说道："呵呵，我当是谁呢？这不是那位爱帮助小朋友的人吗？不过可惜啊，我们吉他吧现在不缺人。"

林瞳听后一脸镇定，因为她也不想跟许彦行共事，看他那副嘴脸。她转身对严彻很有礼貌地说："严彻，谢谢你今天介绍我来，既然不招人，那我先走了。"然后立刻闪出了排练室。

严彻见状连忙向许彦行简单说明了今天林瞳帮自己的事，要他务必给自己个面子，也帮帮人家，然后迅速追了出去："林瞳，林瞳！你等等……"

林瞳听到严彻的声音，放慢了脚步，回过头来，看着匆忙追来的严彻，勉强地笑了笑说："既然他说不缺人，那我就只有走啦，不过还是要谢谢你介绍我过来。”

严彻缓了口气，替许彦行开脱道：“很抱歉，林瞳，彦行他今天心情不怎么好，说话口气冲了点，你别介意。”

严彻正忙着跟林瞳解释，看到许彦行慢慢走了过来，忙用手指了指林瞳，示意许彦行说几句。许彦行看看严彻，偏了下头，耸耸肩，很勉强地说：“好吧，既然你是严彻介绍来的，如果愿意留在这儿干的话，就留下吧！不过要有一周的试用期。”

林瞳很礼貌地对身旁的严彻说：“谢谢你严彻。”然后又看向许彦行：“可以先预付部分工资给我吗？”

许彦行想到上次活动上的不快，冷冷地看了林瞳一眼，说：“不好意思，我这儿没有这个先例，向来都是做了事再结工资。”

林瞳犹豫着，张了张嘴但没说什么。严彻看到林瞳为难的样子，把许彦行拉到一边，小声地说：“彦行，林瞳她真的有难处，要不你通融一下？”

许彦行感觉有些奇怪，想不通严彻干吗这样帮她。严彻赶紧解释说：“她是真急需用钱，现在都同时打着几份工。一个女生也挺不容易的，可能是家里遇到什么难事了吧。”

许彦行看了林瞳一眼，考虑了一下说：“行，看在兄弟的分上，今天就破个例吧。”说完伸出拳头和严彻的拳头对了一下，转身又对林瞳说：“这样吧，你先干着，如果工作出色的话，我就预支。”

林瞳感激地看了看严彻，紧接着许彦行又补充道：“还有，你今晚就开始在吉他吧试工，演出之前先去门口做一下迎宾。”

林瞳愣了一下，没想到他会让自己当迎宾，转念想想也没什么，只要能赚到学费就好，所以就点点头，说：“行，那我先去准备准备吧。”

夜晚悄悄地拉开了序幕，某种难以言说的情绪似乎也同时潜入了吉他吧的每个缝隙。昏暗柔和的灯光下，舞台上的严彻唱起了动人的情歌，撩拨着四散零落的顾客们心中的悸动。服务生穿梭不息，为顾客们补足酒水，许彦行在吧内角落的一个桌子上用 Macbook-pro 打着小游戏，偶尔抬头看看严彻的表演。一局游戏打完，他转头看向门口，不知道林瞳的表现如何。

林瞳站在吉他吧门口彬彬有礼地迎来送往，可也难掩身上那高贵的气质。令人没想到的是，夏誉希和夏誉雯双双出现在吉他吧门口。夏誉希一看到当迎宾的林瞳，脸上立即露出一丝坏笑，夏誉雯也发现了当迎宾的林瞳，连忙兴奋地向她打招呼。

“咦？林瞳，原来你在这家酒吧打工啊？”夏誉雯好奇地问。

林瞳很开心地说：“是啊，誉雯，我今天刚来。你呢，你怎么来了？”

夏誉雯有些腼腆地说道：“我今天是跟我哥来看……看严彻表演的。”

林瞳刚要跟夏誉雯说些什么，夏誉希连忙抢话道：“林瞳，真巧，我们又碰面了。你看，这是不是意味着什么，似乎冥冥之中有一种……”

林瞳不理会夏誉希，对着夏誉雯说：“我领你去座位吧，演出才刚开始一小会儿。”

夏誉雯会心地笑着点点头，跟林瞳走进吉他吧。夏誉希丝毫不介意林瞳的冷淡，低头笑笑，也跟着进去了。

有一张椅子在过道中，有点挡路，夏誉希赶紧走上前移开椅子，满脸笑容地看着林瞳，很绅士地让林瞳走过去。林瞳看都不看他一眼，带着夏誉雯走到一张空桌子前招呼她坐下后，又去忙自己的事了。

夏誉雯坐在座位上出神地看着舞台上表演的严彻。夏誉希看到夏誉雯一脸的痴迷样，就把手伸到她眼前晃动。夏誉雯打开夏誉希的手说：“哥，别闹了，我在看表演。”

可是他俩刚坐下没多久，服务生托尼就来到了卡座前，很有礼貌地说：“两位客人很抱歉，我们吉他吧无法为两位提供服务。”

夏誉希一听，很不快地说道：“什么叫无法对我们提供服务？我去过那么多酒吧还没碰到你们这样的，快给我解释清楚！”

夏誉雯也有些不理解：“为什么？我们今天第一次来这里啊。”

托尼为难地说：“真的很抱歉，我只是向两位传达我们老板的意思，他说他的吉他吧不欢迎你们，麻烦两位配合我的工作。”

夏誉希真的生气了：“老板的意思？你们老板凭什么无缘无故要赶我们走？有什么话叫他当面来跟我说！”

托尼抱歉地说：“对不起，先生，我们老板现在很忙，不方便见客。”

夏誉希不依不饶：“不行，今天他必须给我个说法！快去通知，我现在马上要见你们老板！”

严彻表演结束，看到台下正与托尼理论的夏誉希，马上赶了过去。夏誉雯看着走来的严彻有些紧张，赶紧给严彻让道。严彻一把拉住夏誉希，劝阻说："夏誉希，你冷静点，别把事情闹大了。"

"现在这样，你叫我怎么冷静？你不要管！"夏誉希不耐烦地挣脱严彻的手，却失手推了严彻一把。

严彻有些脾气了："夏誉希，你就不能好好听人把话说完吗？"

夏誉雯看到这一幕后也急忙劝夏誉希："哥，严彻劝你也是为我们好，你就听听劝，我们早点回家吧。"

夏誉希斩钉截铁地说："不行，今天你们谁说什么都没用，我非要会会这家酒吧的老板不可！"

林瞳正拿着小提琴在吉他吧舞台侧面候场，看到夏誉希那儿围着一些顾客，感觉有些不对劲，赶紧走了过来，把小提琴随手放在旁边的一张空桌上，走到夏誉雯面前问："出什么事了，誉雯？别慌，慢慢说。"

夏誉雯委屈地说道："不知道为什么，这家吉他吧的老板要赶我们走。"

林瞳安慰道："誉雯，你先别急，我看看是怎么一回事。"

夏誉雯点点头，担心地看向正在与托尼争吵的夏誉希，只见他火气越来越大了："什么老板？我出钱还不让我在这消费！凭什么？顾客就是上帝，你们老板到底会不会做生意？"

林瞳走上前问严彻这是怎么回事，严彻摊了摊手说："具体情况我也不清楚。”

夏誉希一看林瞳过来了，才想起形象要紧，动作语气也缓和了许多。

林瞳不满地说：“他作为老板首先应当考虑顾客的感受，为什么他不出面解释清楚？”

严彻也不知道许彦行为什么这么讨厌夏誉希，甚至只要提到夏誉希的事，他就会失去平时的冷静。严彻只好说：“先让他们到办公室去，这么多客人看着影响不好。”

林瞳朝严彻点点头，看向夏誉希说：“夏誉希，我们到旁边去说。”

谁知夏誉希非常固执，林瞳出面相劝他也不肯离开，非要在厅里把事情说清楚，还差点跟严彻拉扯着打起来。正在这个时候，许彦行从围观的顾客中挤进来，走到众人面前。夏誉希看到许彦行时愣了一下，不知道他为什么会在这里，直到看到托尼跟他讲话，才明白原来许彦行就是这个吉他吧的老板。夏誉希脸上立刻露出不屑的表情，冷笑道：“原来这家吉他吧的老板就是你啊，怎么这么不会做生意啊？躲累了，终于肯出来了？”

许彦行傲慢地说：“我出来是想再告诉你一遍，我的吉他吧不欢迎你。”

夏誉希理直气壮地大声喊道：“你的吉他吧门口有没有写着不欢迎我夏誉希？大家来评评理，到底是我的错还是这家酒吧老板无理取闹？”

围观的顾客们不明就里纷纷议论起来。严彻想劝许彦行不要把事情闹大，谁知道许彦行根本不给他说话的机会，对着夏誉希毫不退让地说：“我不想多说什么，请你们马上离开这里。”

夏誉希也不服输，更大声地说：“马上离开？有你这么待客的吗？你和你妈敢大摇大摆地来我们家，就不许我们来你这破酒吧？就这破酒吧早知道是你开的我开车都会绕道。”

“那现在请你们立刻绕道走人。”一听他又提自己的妈妈，许彦行就怒火中烧，恨不得马上就一拳打过去。

夏誉希不但不离开，反而越说越起劲：“我们绕道走人？好，走之前我也把话说清楚，提醒下你那个妈，不要再厚颜无耻地出现在我的视线里、搅乱我的生活，要是她要钱，叫她来找我，我可以给她。”夏誉希说着从裤兜里掏出一叠钱摔在桌上。

严彻见许彦行脸顿时沉了下来，忙上前劝夏誉希：“夏誉希，你说话注意点，不要动不动就扯上父母。”

夏誉希执拗地说道：“我就是扯上了，怎么了？”

许彦行控制不住了，握紧拳头就压上去，严彻见状忙去拉许彦行的手，可是为时已晚，一瞬间的工夫两个人就扭打在一起。整个吉他吧里乱作一团，桌子、椅子被撞得东倒西歪，林瞳放在桌上的小提琴也没能幸免，摔到了地上。林瞳赶忙上前拾起小提琴，心疼地察看，结果发现有一个地方已经磕破了，这可是自己存了好久的钱才买来的啊……

严彻看到林瞳伤心的样子，生气地怒吼道：“彦行！夏誉希！你们都给我冷静点！看看你们两个都做了些什么？”

这时托尼和服务生们都上前阻止，费了好大的劲儿才强行把两人拉开。夏誉希挣脱开众人的手，狠狠瞪了许彦行一眼，气呼呼地一甩头跑出吉他吧。夏誉雯看哥哥离开，害怕他出什么事，于是急忙跟了出去。严彻看了看许彦行，确定他没什么事后，也赶紧去追夏誉希。许彦行则一言不发，一身凌乱面无表情地看着他们消失在门口。

夏誉希气冲冲地钻进车里就迅速开走了，轮胎在地面上发出刺耳的摩擦声。夏誉雯看着离去的哥哥很是担忧，生怕哥哥做出什么傻事来。严彻追出来看到夏誉雯无助的样子，问她夏誉希去哪了，夏誉雯指着夏誉希离开的方向忐忑不安地说：“他开着车往那边走了，我哥他那样不知道会不会出事？他平时从不这样的。”

严彻用安慰的口吻说：“你先别急，我们去找他。”

严彻领着夏誉雯迅速走向他停在吉他吧门口的摩托车，把头盔递给夏誉雯，然后自己戴上头盔跨了上去，在一旁的夏誉雯感激地看了严彻一眼，也戴上头盔坐上了摩托车。

入夜后，江边的大街上就空荡荡的，偶尔会有几辆车驶过。

“誉雯，你哥有没有什么常去的地方？”严彻问。

夏誉雯想了想说：“他平时都是到酒吧什么的地方去。”

严彻猜测这个时候夏誉希肯定没有心情再去酒吧了，就让夏誉雯再想想。夏誉雯突然想到了什么，很激动地说道：“啊！我知道了，他肯定去了那里！”

空寂的江岸在夜色的笼罩下，安静得有些诡异，而不时冒出的几声猫叫更令人心里发毛。有两个人却完全不管这些，焦急地四处张望着，好像在寻找什么。

“你哥怎么会来这种地方？”

“我也不知道，但是他每次一想妈妈的时候就会一个人到这里来。”

“我哥他这么多年来活得很累。妈妈的死对他的打击太大了，他到现在还放不下，他觉得妈妈的死跟许彦行的母亲有关，所以才……”

严彻有些理解夏誉希的心情了，怪不得他见到舒婉莹和许彦行时的反应会那么强烈。

夏誉雯接着说：“自从妈妈去世以后，哥哥和爸爸的关系一直不好，他怪爸爸一直对舒阿姨念念不忘，对不起妈妈，妈妈才会这么早离开我们。”

“难怪宴会那天你哥会那样对舒阿姨。”严彻说。

夏誉雯听严彻提到宴会那天的事，突然想起了什么：“哦，对了，自从那次你救了我哥，他就经常在我跟前说想跟你学跆拳道。”

严彻笑笑说：“是吗？不就是学跆拳道，没问题，叫他跟我来学。”

夏誉雯抬头看了看严彻，这个男生，年龄跟自己哥哥差不多，却是那么宽容、冷静、豁达。

这时，严彻看到远处有一个落寞的身影，于是对夏誉雯说：“誉雯，你看那是你哥吗？”

夏誉雯顺着严彻指的方向看去，只见夏誉希正郁闷地向江里扔着石子。

夏誉雯急忙赶上前去安慰夏誉希："哥，你别生气了，刚才的事……"

"你让我一个人安静会儿。"夏誉希烦躁地打断她。

夏誉雯无助地看了看严彻，严彻走过来说："你先到旁边休息一下。"

夏誉雯点点头，转身走到离他们不远的地方。

"夏誉希。"严彻叫了一声。

夏誉希没有理他，仍然继续用力朝水里扔着石子。

"夏誉希，想开点，你的那种感受我能理解。"

这时，夏誉希又捡起一块石子，却没有再扔出去，而是低下头像个小孩子一样在手里把玩着。

严彻又转移话题说："你不是一直想学跆拳道吗？来，我现在就教你怎么挥拳，我心情不好的时候经常这样发泄，你好好看我的示范。"说完，严彻有力地挥了一拳。

夏誉希转过头看了看，不自觉地学着严彻的动作向空中挥了一拳："这样？"

严彻耐心地指导夏誉希说："你看，要像这样，对着空中的那个假想敌，握紧拳头用力，挥拳！"

看着夏誉希认真地练习着挥拳的动作，严彻不失时机地说："你看，你比刚才做得好多了，继续努力吧。"

夏誉希默默地点点头，挥了一阵拳后，深呼吸了口气，情绪渐渐平复下来。不远处，夏誉雯静静地看着严彻教夏誉希，一脸痴迷的神情。

夏誉希他们走后，围观的客人也散开了，像从没发生过什么一样继续聊天、畅饮，在这慵懒舒缓的环境里享受着他们的时光。而林瞳却悄悄地察看着桌椅下的地面，好像在找什么东西。那把破损的小提琴就在她旁边静静躺着。

许彦行在房间内玻璃窗前看到了这一幕，情不自禁地推开门想去看清楚她到底在找什么，但是林瞳忽然站直身子，一脸忧伤地离开，消失在吉他吧门口。许彦行跑出去跟了几步之后又停住，装着满脑子的问号往回走，突然脚下好像踩到了什么，一看原来是一块木片，上面还有个很特别的图案。

转眼到了打烊的时间，几名服务生正在吧内做清扫和整理。许彦行跟托尼打了个招呼后准备离开，却刚好碰到严彻从外面回来。他一进门就帮着收拾，边架椅子边说："唉，一直找到江岸，终于把你那位'宿敌'找到了。"

许彦行却毫不在意："我看就是多余，他那种整天游手好闲的人管他做什么？"

严彻继续打着圆场笑笑说："呵呵，彦行，其实你也不必让他们出去，虽然看着别扭点，不也能增加咱们的营业额吗？"

许彦行不屑地说："这种营业额，不要也罢。对了，你回头帮我转告夏誉希，他要是再敢提家里的事儿，我就让他竖着进来，横着出去。”

“行行行，看你今天也够激动的，累了吧？赶紧回去洗洗睡了吧。”

“嗯。”许彦行刚走几步，忽然又折回来对严彻挤眉弄眼地说，“嘿，我发现夏誉雯，就夏誉希那妹妹，对你好像有点儿意思啊。”

严彻笑了笑：“拿我开涮，是不是？”

许彦行却很认真地说：“不是，你应该相信哥们儿的眼力，刚才她看你的那眼神啊，迷离得很……”

严彻却似乎对这个话题丝毫不感兴趣：“行了行了，我看你是累晕了，赶紧回去吧！”

许彦行不依不饶地说：“哎呀，现在我觉得你说的还是有道理的，下次他再来，我还真不能往外请，破坏兄弟的美好爱情啊！”

“只要你们见面别再出事儿，我就省心了，要不还得拉架。”严彻说完向排练室走去。

许彦行在他身后大声地说：“别怪我没提醒你啊，我猜得准没错！”

“你怎么想着过来看小提琴？”严彻陪着许彦行在天音乐器行里面逛了很久，他简直被这里头琳琅满目的各种乐器迷花眼了。

许彦行漫不经心地说：“昨天晚上不是跟夏誉希干了一架吗？结果把林瞳的小提琴给摔坏了……她没琴晚上怎么演出？我可不想影响酒吧生意。”

严彻望着他想笑：“想帮人家买琴就直说呗，还找什么借口啊。”

许彦行白了严彻一眼：“我可不是帮她啊，就事论事。你不也让我在夏誉希的事儿上就事论事吗? 我现在想通了, 他再来吉他吧, 我不轰他, 更不轰夏誉雯。”

严彻见他又把自己跟夏誉雯扯在一起,也不解释,只是继续看琴。许彦行的目光无意中落到了橱窗内一把精致的小提琴上, 它安静地被陈列在橱窗内, 阳光洒在上面折射出异样的光芒, 好像有不可思议的魔力, 许彦行被它深深地吸引住了。严彻看到许彦行目不转睛地盯着一把小提琴, 于是好奇地走上前去。

严彻认真看了看小提琴, 觉得这把小提琴如果在林瞳手上, 真是再适合不过了, 便对许彦行说:“就这把吧。”

许彦行还是目不转睛地盯着琴点点头说:“嗯, 就这把。老板, 麻烦你过来给我拿橱窗里的那种小提琴。”

“您的眼光真不错, 可是……” 老板话说了一半停下, 指了指许彦行后面, 许彦行不明就里地转过身, 却看到夏誉希炫耀似的轻轻摇晃着手里的小提琴。

夏誉希大声嚷道:“老板, 这把小提琴我要了。”

许彦行吼道:“夏誉希, 这把小提琴是我先看上的。”

“你还没付钱它就不属于你。”

“你这摆明是在抢嘛。”

夏誉希挑衅地说:“抢? 我就是要跟你抢! 你抢了我那么多东西, 你凭什么? ”

许彦行听罢忍不住又要和夏誉希争执起来, 严彻见状赶忙跑过来劝阻说：“你们两个又吵什么吵？小心点琴，这又是怎么回事？”

许彦行有些厌倦与夏誉希纠缠了，摆摆手说：“算了，让给你就让给你，君子不与小人争利。”

“切！”夏誉希一脸不屑，转过头得意扬扬地说，“老板，麻烦你，这把小提琴打包，包得好看点啊。”

琴包好后，夏誉希又示威似的瞟了一眼许彦行，如得胜的将军般带着他的战利品驱车离开。

许彦行有些无奈地说：“怎么样，刚才我表现得够就事论事了吧？不过对这种人来说倒是有点多余。唉！小提琴没买到，那就帮我好兄弟挑把吉他吧。”

严彻见他一副强装轻松的样，赶紧说：“没问题，挑吉他我在行。”

两人又接着在店子里逛了起来。严彻一回头看到一个墙角里摆着把很不起眼的木吉他，顿时眼前一亮。他走过去小心翼翼地拿起吉他，试了试音，情不自禁地抱着木吉他弹唱起来。许彦行饶有兴味地听了一会儿，然后走近说：“就这把吧。”

严彻爱不释手地抱着木吉他说：“这把真的很不错，你兄弟一定会喜欢的。”

许彦行到收银台付账后将打包好的吉他递到严彻面前说：“兄弟，送你了。”

严彻大感意外：“给我的？你不是跟我开玩笑吧？”

许彦行笑笑说：“我不是说了给我好兄弟买的吗？”

严彻推辞道："不行，这么贵重的礼物……"

许彦行将吉他再次递到严彻面前："拿着吧，都是兄弟就别客气啦，以后我要是想向你要点东西，贵重了点，你就不给啊？"

严彻不假思索地说："呵呵，好吧。以后你向我要什么我都会给。"又想了想，加了一句："爱情除外。"

许彦行听了哈哈大笑起来："爱情？你给我也不能要啊，这方面还是公平竞争的好。"

严彻也笑了起来，接过了吉他，突然听许彦行又冒出一句："不过哥们儿，我对那夏誉雯可没那意思啊。"

"这吉他真不错。"严彻拨动了几下琴弦漫不经心地说。

吉他吧门外的街道上人来人往，林瞳没精打采地背着个包，刚要进门，夏誉希却不知从哪儿闪了出来，背着双手突然挡在她面前，惊得她往后退了两步。

"噔噔，礼物时间到！"夏誉希耍帅地笑着，把手中的小提琴盒递给她，调皮地说。

林瞳平复了下情绪，不解地问："你这是干吗？"

夏誉希开心地说："那天把你的小提琴弄坏了，我心里一直过意不去，它就代表了我无比真诚的歉意，请美丽的林瞳小姐务必收下。"夏誉希将小提琴盒递到林瞳面前。

"不好意思，我不能接受。"林瞳摇摇头，一口回绝。

夏誉希诚恳地说道："这把琴是我诚心诚意赔给你的，你就收下吧。”

林瞳有点不耐烦了:“我真的不能随便接受别人的……”正在这个时候，林瞳的手机突然响了起来，来电显示是夏誉雯……林瞳好像猜到了什么，抬头看了夏誉希一眼，走开几步，接通了手机。

“喂，林瞳，我听我哥说他买了把小提琴赔给你。”

“嗯，我知道，你哥现在就在我旁边，可我没有接受。”

“林瞳，你就收下吧，这也是他一番苦心，他是真心想为昨晚的事跟你道歉的，为了去买小提琴他跑了好几家乐器行……还有啊，没了小提琴你怎么演奏呀？我还期待着下次能来看你的表演呢。”电话中的夏誉雯开始撒娇了。

林瞳沉默了，是啊，还得赚学费呢，没了琴，这工作又……她抬眼看了看始终保持着那迷人微笑的夏誉希，说:“那好吧，我就收下了。谢谢你，拜拜。”

林瞳挂掉电话，接过小提琴，就闪身走进了吉他吧。

到了晚上，许彦行拿着一把从另一家乐器行买来的小提琴刚走进吉他吧，就听到有琴声传了出来。他有些纳闷，马上放慢脚步望向舞台。只见林瞳在柔和的灯光下投入地演奏着，美妙动人的旋律从弦弓中缓缓流出……

许彦行一眼便看出了林瞳手里的那把琴是他在乐器行里看到的后来被夏誉希买走的那把，似乎明白了些什么，他有些轻蔑地瞥了一眼舞台上陶醉的林瞳，转身就走。

第五章

这天天气大好，丝丝白云任和风尽情地梳理，在湛蓝的天空中肆意飞舞。夏誉雯报完了学校的吉他培训班，又惬意地看了一上午书，心满意足地伸着懒腰从图书馆出来，双手背在身后抬头享受着透过树叶洒下的温暖阳光。但是走着走着，她感觉后面有人在跟踪自己，不由得加快了速度。可是走了一会儿，那人还是紧紧跟着，夏誉雯索性停下来，猛地一回身，只见一个害羞、斯文的戴着眼镜的小男生站在自己面前，低垂着头，很小声地说："夏……夏誉雯，我有话想跟你说……"

夏誉雯不解地看看他，问："你能大点声吗？我听不清……"

那男生顿了顿，脸颊涨得通红，不敢直视夏誉雯，目光不停地瞟向一边，语无伦次地说："我认识你很久了，就是在迎新会上……你当时是新生代表之一……是……那是第一次见到你……当时我就想……要是……你能成为我的……"

夏誉雯意识到这个小男生是要追求自己，很有些窘迫，尴尬地环顾着四周，有些不忍心地说："对不起，同学，我……"

这男生几近哀求道："请听我说完……我每天……都会经过这里……因为这里可以看到你……"

夏誉雯手足无措，没想到会突然碰到这种状况，怎么办才好……

正在她慌乱着急的时候，严彻的声音恰到好处地在耳边响起："这位同学，不好意思，我来找我朋友一起去吃饭，你要是没什么事儿的话，我们就先走了。"

那男生一看严彻，紧张得更说不出话了。严彻一看他紧张的样子就笑笑说："呵呵，看你说话不紧不慢的，估计也不是什么急事儿，改天吧，啊，改天。"

严彻说着就走过来牵住夏誉雯的手，夏誉雯惊讶地看着他，顿时觉得心里暖暖的，甜得像蜜一样化不开，即便这很有可能只是作出来给那男生看的……

就这样，她恍恍惚惚地跟着严彻走了一会儿，直到看不到那男生了，严彻才松开她的手，说："我刚才路过，看到你很为难，所以就自作主张过去解围了，不会怪我吧？"

“怎么会……”夏誉雯埋头沉默了一会儿，终于鼓起勇气说，“谢谢你替我解围，我请你吃个饭吧？”

严彻为难地说：“不好意思，我有个节目还要再排练一下，晚上就要演出的，要不明天吧？”

夏誉雯笑笑说：“没关系，你忙你的，我们改天再约时间。”

严彻匆忙地赶去排练节目了。夏誉雯看着严彻的背影，笑了，心里还沉浸在刚才被严彻拉手的幸福中。这种感觉，真好。

吉他吧柔和的灯光下，严彻和林瞳，一把木吉他，一把小提琴，在舞台上完美地合奏着，大家全都沉醉在这美妙的氛围中。许彦行也坐在吧台边惬意地欣赏着演出，同时观察着各位顾客，无意中看到了站在窗外痴痴观望的夏誉雯。

“夏誉雯，你好。”许彦行打开门走到夏誉雯身边，她居然都没有察觉。

夏誉雯听到声音转头看到许彦行站在自己面前，紧张地说：“你好，对不起，我想看林瞳的表演，所以……”

许彦行知道她是因为上次的事所以不敢进去，很是歉疚：“没事，你别紧张，我不是来赶你走的。上次的事很抱歉，你别放在心上，以后只要你想来我随时都欢迎。”

其实他只是单纯反感夏誉希，而且他早看出了夏誉雯对严彻的心意，只是自己那个兄弟，还一副完全蒙在鼓里的样子。想到这儿，许彦行又说：“我上次把你吓到了吧，要不这样，明天我请你吃饭，把严彻一起叫上，怎么样？你有时间不？”

“啊……”显然，夏誉雯没想到许彦行会有这样的提议，回想起白天的事，夏誉雯的脸又红了，“好，我正好有时间。”

第二天，夏誉雯、严彻和许彦行在预定的餐厅里一起用餐。言谈举止间夏誉雯处处都显露得温婉有礼、乖巧可人，只是偶尔碰及严彻的目光，她都会露出一丝紧张又甜蜜的表情。其实本来说好是许彦行请客的，可是夏誉雯却坚持说严彻帮她解了围，要自己请客，点了满满一大桌子菜还生怕不够，喝了一口茶又说：“你们看看要不要再点些什么？”

“菜已经够多的了，我们是男人，但可不是猪八戒啊。”严彻戏谑道。

“那是，猪八戒怎么会有你们这么帅。”夏誉雯脱口而出。

三个人都笑了。夏誉雯看严彻喜欢的一道菜离自己比较近，就很体贴地给他换了过去，却没想到抬头看到许彦行正朝自己笑，好像在说：喜欢他就说出来嘛……她又有些不好意思起来。

严彻突然问道：“对了，夏誉雯，你和林瞳是同届的吧？”

“是的，我们都大二。”

“哦……大二的功课可是比较紧张的，课余时间会比大一少很多。”严彻感慨地说，边说边想着林瞳，还要同时做几份兼职，真是太辛苦了。可是一想到林瞳，严彻就会觉得心里头暖暖的，这个女生真是很特别，前几天还主动印了一些吉他吧的彩页拿去宣传，拉来了不少生意，就连许彦行也不得不佩服她的敬业精神。

这时，夏誉雯的手机响了，一看原来是林瞳的电话，要约她一起吃饭。

"不好意思啊，林瞳，我现在正在外面吃饭，严彻和许彦行也在，要不你过来和我们一起吃吧？"

"哦，不用了，你们慢慢吃，我一会儿还有点事。"

林瞳可不想跟许彦行一起吃饭，虽然这家伙前几天已经预支了自己工资，但是那态度，一直不阴不阳的，总感觉心里头鬼得很，还是少接触为好，于是挂了电话，朝食堂的方向走去……

林瞳最近又忙上了，为了总是紧缺的生活费，在食堂匆匆吃过饭后又马不停蹄地赶去夏普旗舰店销售手机了。

命运还真是爱开玩笑，明明不想见到许彦行，偏偏却一眼瞟到他悠然地走进门，来到了柜台前。林瞳马上收回眼神装作没看到他，继续彬彬有礼地对顾客说："您看这一款，AQUOS 时尚旋屏手机 SH9110C。它最夺人眼球的地方在于它鲜艳的糖果色面板，配合夏普的高品质不锈钢拉丝加工工艺，跟您与众不同的青春时尚气息真是不谋而合呢。"

"它的照相功能怎么样？"顾客问。

林瞳微笑着说："它搭载的 320 万有效像素的自动对焦照相机，可拍摄最大分辨率高达 1536×2048 的静止画面。更有体贴的人脸自动对焦和连拍模式，为您记录生活中的每一个完美瞬间。"

顾客很满意地点点头，捧着那款手机就去收银台了。林瞳转过头来很职业性地问许彦行："先生您好，请问您想选购哪一款手机？"

许彦行看了看柜台内的手机，随便指了指，林瞳便伸手去拿。

"看来吉他吧的工资还不够用啊？"

林瞳的手停了一下，随后很快拿出了手机，说："先生，我先给您介绍一下它的功能吧？"

许彦行却不看手机："要不我再给你涨点工资？不过我那工资也是按照业绩算的，以你的表现也就现在那点了。"一开始他对林瞳的印象不好，不过这段时间已经有了好转，现在看到她在这里打工，竟有点心疼，这个女孩到底做了几份兼职啊？

林瞳压低声音凑近许彦行严肃地说："我正在工作，'请'你不要……"

"您是 MJ 集团的许彦行先生吧？我是这家专卖店的店长。"店长突然出现，走过来很客气地跟许彦行打着招呼。

许彦行很有礼貌地跟他握手说："您好，我就是。"

店长看他在和林瞳聊天，就推荐说："您不是要找一位对我们夏普手机特别了解的人吗？哪，林小姐是我们店内的优秀销售员，如果您觉得她合适的话，那我们就派她过去给您做助理。"

许彦行意味深长地看了看林瞳，然后又转头对店长说："谢谢您，就这位林小姐吧！"

林瞳愣愣地看着两人对话，完全不知道他们在说些什么。许彦行看起来跟店长很熟的样子，他们怎么会认识的呢？

“林瞳，许先生正在给我们夏普手机做一个宣传策划，早上给我电话说要找一个对手机很了解的人做助手，所以，就麻烦你辛苦一下啊。”店长跟林瞳解释道。

原来是这样……林瞳恍然大悟，僵硬地点了点头。

而与此同时，夏誉希这位公子哥，自从竞选上学生会主席后很快就少了许多的个人时间，这一天好不容易得闲，便约了三五好友去喝咖啡。但是，他从咖啡馆跟朋友聊天出来，却老觉得后面有人跟着自己，心想不会那么倒霉大白天也遇上抢劫的吧。这时跟踪的人忽然间快走几步，一下子绕到了他前面。

夏誉希一惊，然后快速打量了下这人，一身时尚着装，而且很整洁，不像是坏人。他赶紧拿出名片自我介绍说：“你好，我是新大陆模特经纪公司的，专门负责挖掘模特人才。”

夏誉希接过名片，瞟了一眼。

星探指了指夏誉希的身体，说：“凭你的条件，再加上我们专业的训练指导，完全可以成为一个顶级的模特，肯定会比你现在的工作赚得多。”

夏誉希不屑地笑笑，随手将名片丢给星探，并从自己兜里掏出一张名片递给他说：“有空的话到这儿去坐坐。”说完扭头走了。

那人狐疑地接过夏誉希的名片看了看——夏天集团人力资源部。

晚上，许彦行回到吉他吧，发现严彻已经把唐娜带过来了。大家都追问是怎么找到这么一个美女来当驻唱歌手的，严彻和许彦行相视一笑。

“吉他吧的生意最近一直没什么起色，大家建议说重新改换一下内饰风格，正好有同学介绍了一个装潢公司给我，我就和彦行一起去找了，但是去了之后才发现，那就是一诈骗公司，以明星梦为诱饵专门骗人钱财的。当时我们正打算离开，突然听到叫‘救命’的声音，”严彻喝下一口酒，接着说，“于是我们就展现出特有的英雄本色，将美女从水深火热之中解救了出来……”

“她当时正被一个龌龊的络腮胡老板逼着拍一些尺度特别大的照片，当然了，那个色狼也得到了他应得的教训，”许彦行接过话茬，向大家亮了亮拳头继续说，“我们见她孤身一人从外地到这儿来，无依无靠的，之前也做过驻唱歌手，而且很喜欢唱歌，就让她到我们这里来了。”

众人一片哗然，都不由得同情起唐娜来。

“唐娜，不要怕，以后这里有我们在，你可以放心地唱你喜欢的歌了，再没有人可以欺负你了。”林瞳和夏誉雯都关心地看着唐娜，郑重地说。

“嗯。”唐娜平静地点了点头。

不过今天吉他吧最大的变化不是又多了一位新成员，而是演出还没开始，就已经人声鼎沸了。服务生全体出动在卡座间穿梭着为客人们送上酒水饮料，而夏誉雯也一时兴起当起了服务生，和林瞳一起，拎着几篮啤酒四处招呼着满座的宾客。

来这儿的顾客几乎都是年纪比较轻的男生，但他们似乎都并不太关注舞台，目光都紧紧追随着林瞳。许彦行刚开始有些疑惑，怎么一下子突然来了这么多人？最后，他将目光锁定在了林瞳身上才明白，“原来是因为她啊……”

忽然，林瞳一脸兴奋地走到吧台前面向客人们大声宣布：“欢迎大家来吉他吧捧场，今天的酒水一律八折！”

客人们听到后马上高兴地欢呼起来。

“外面真闹腾。”许彦行走进排练室说道。他还很不适应吉他吧出现这样的气氛。

严彻笑了笑接过啤酒，用牙咬开酒瓶盖喝了一口，开心地说：“人多了很多吧？都是林瞳带来的，挺能干的吧？”

许彦行喝了一口啤酒说：“是挺能干的，酒水八折她都自己做主了。”

严彻笑了笑说：“知足吧你就，拉来这么多人，八折一下还能咋的，这也是你开娱乐公司的间接经验啊！”

唐娜听见“娱乐公司”四个字便眼前一亮，马上抬起头来看着许彦行，她仿佛看到了本来变得遥不可及的梦想，一下子又明晰起来……

严彻看了看门外面说：“你们先聊着啊，我等会儿要上台演出，先出去看看情况。”说完他从排练室走出来，看见夏誉雯正忙着给客人上酒，便微笑着摆手招呼她过来。夏誉雯冲他傻傻地笑了笑，乖乖地跑了过去。

“歇会儿吧，都成全职服务生了。”严彻没想到，夏誉雯这种大小姐，居然也能吃得了苦，忙成这样，而且还这么高兴。

夏誉雯倒是很开心地说：“呵呵，在家不怎么干活，感觉挺有意思的。”

严彻从身后拿出两瓶饮料，递给夏誉雯一瓶，然后在旁边的一个位置上坐下，夏誉雯也挨着严彻旁边的位置坐下。严彻看演出，夏誉雯也跟着看演出，不时地看一眼严彻。

就这样过了一会儿，夏誉雯才吞吞吐吐地说：“我……我报了咱们学校的吉他班了，要是有什么不明白的，你……能教我吗？”

严彻爽快地说：“好啊，到时候我教你。”

“我哥也报了你的跆拳道班了。”

严彻听她说完，喝了口饮料，笑着摇了摇头说：“跆拳道可不是喝酒泡妞，坚持下来可不容易，特别是我的班。”

夏誉雯想了想说：“那……我能坚持下来，保证能。”

严彻比划着让夏誉雯伸出手，夏誉雯照着他的意思把右手伸到了他面前，呆呆地看着他。

严彻伸出手在她手指的上方画了几个圈说：“要是练了吉他，你这大小姐的千金手就要长老茧子了。”

夏誉雯笑着说：“嘿嘿，我不怕，顶多攥着手出门。”

“那到大街上不人人都得绕着你走啊？”

“为什么啊？”

“怕你打他们呗。”

“哈哈哈！那我现在就先打你一拳！”

“行了行了，我领教了，你还是留点力气晚上回家吧。”

“没事儿，我现在可是干劲十足，力气多着呢，快到你上场了吧？我也继续干活了！”夏誉雯说完粲然一笑，开心地走向了储物间……

而此时，夏天集团的会议室内灯火通明。

“首先我跟大家介绍一下，”夏杰站在座位前，伸手向两家公司的代表们说道，“这位是 MJ 集团舒氏娱乐公司董事长舒伯华先生的女儿，也是我们这次唱片推介活动舒氏娱乐的负责人，大家欢迎！”

舒婉莹在热烈的掌声中站起来，很有礼貌地向众人点了点头。夏杰鼓完掌接着说：“我们这次和舒氏娱乐联手策划的这个唱片推介活动，意义重大。这是我们广告公司首次和舒氏娱乐这样的大公司联手举办唱片推介活动，所以我们全体员工都要竭尽全力做好各项工作。这次唱片推介活动呢，我们想以爱情为主题……”这时夏杰手机突然响了，一看是许彦行的电话。奇怪，他怎么会在这个时间给自己打电话？

“喂？夏叔叔，刚刚夏誉雯在我的吉他吧去拿高处的酒水的时候，不小心从梯子上摔下来把脚给扭到了，您赶快来一趟医院吧！”

“什么……哦，好好好，我马上到。”挂了电话，夏杰简单跟大家解释了一下，把合作事宜交给秘书后就匆忙赶去医院看女儿。舒婉莹在了解到情况后，也不放心地跟了过来。

两个人焦急而又忐忑地冲进夏誉雯所在的病房，却看到许彦行正在给病床上的夏誉雯削苹果，夏誉雯的脸上都乐开了花。

注意到二老进来，许彦行赶紧站起身向他们打招呼，并诚恳地对夏誉雯在自己店里摔下来的事道歉。夏杰摆摆手示意说不用了，走过去检查了下夏誉雯的腿，发现只是在踝关节有一块淤青，肿起来了，其他没什么大碍，便转头对许彦行说：“谢谢你啊，彦行，这丫头净帮倒忙。”

许彦行客气地说：“哪里，夏叔叔，誉雯帮了我很多呢，这些都是我应该做的。”

“誉雯这孩子从小就娇生惯养的，以后你还得多照顾照顾她。”夏杰又说。

舒婉莹见夏誉雯的伤势并不太严重，也安心地说：“是啊，誉雯，以后有什么事儿，就对彦行说。”

不一会儿，严彻跟林瞳处理完吉他吧的事，也赶来了。夏誉雯一看到严彻，心里就觉得暖暖的，抬头看了看墙上的时钟说：“哎呀，时间不早了，要不爸您先送舒阿姨回去吧！”

许彦行听了也帮腔道：“是啊，妈妈，你先回去吧，这儿有我呢。”

夏杰想了想，许彦行这孩子很踏实，有他照顾誉雯，应该没事，也就放心地叫舒婉莹一起离开了。

他们刚走，许彦行就一脸坏笑地看着夏誉雯说：“那么，我就放心地把功夫高手给你留下保驾啰。”说着，拍拍严彻的肩膀。

严彻有些尴尬地说："喂，这……"

"林瞳，走。"

林瞳边走边回头，冲夏誉雯嘟嘴做了个鬼脸。夏誉雯会心地笑了笑。

大家都走后，病房里的气氛更有些不自然了。夏誉雯抱着个枕头，斜躺着窝在被子里，眼神闪烁地看着严彻。

严彻则坐在床边，发呆似的盯着窗户，只知道滔滔不绝说着他最爱的音乐："音乐就是一种心情，你喜欢它，它就属于你。把它作为梦想虽然有些痛苦，但如果不经历痛苦就能轻而易举地实现，那也就不叫梦想了……"谈到音乐，严彻总是有说不完的话。

"那你有什么梦想？"夏誉雯终于开口问了一句。

严彻转过来看了看夏誉雯，说："出一张唱片，做一张纯音乐的唱片，和普通的歌曲听起来要不同，要非常纯净的那种音乐，没任何杂质，让人一听就能将他们带入你所要表达的意境中，然后跟着你的意境去走……那你呢，你的梦想是什么？"

夏誉雯低头有些羞怯地说："我倒没什么大的梦想，和自己喜欢的人一起变老，照顾好我爸，有林瞳这样的知心朋友。"说着，她又痴痴地看向严彻，心里想着：其实，我的梦想就是你呀……

林瞳随许彦行从医院出来后，便开始责怪他："连搬啤酒这么重的活都让一个小女生来做，还害得人家受伤，真不知道这老板是怎么当的……"

“我当时也忙得团团转，我哪知道……再说现在不也正好给他们创造良好机会了……”

“你这是强词夺理，狡辩……”

两个人正你来我往互不相让，突然许彦行发现他们身后多了几个“尾巴”，于是打断林瞳，拉起她的手说：“快走！”

林瞳正不解地想要挣脱，这时后面传来一阵急促的脚步声，一回头，发现几个人已经快步逼近。许彦行仔细一看，原来是那天跟严彻碰上的诈骗公司的人，没想到在这儿也能遇上他们，难道他们一直在跟踪自己？

“今天哥儿几个来这儿没别的事儿，那天你们打了我，我大人有大量可以不计较，拿十万块来吧！”那天被打的络腮胡发话了。

许彦行看了看身边的林瞳说：“好，医药费我出，但是跟她无关，让她先离开。”

可林瞳却并不配合他独逞英雄，而是往那帮人背后高声喊道：“严彻！我们遇到流氓了，快报警！”

等他们一回头，林瞳拉住许彦行就跑，那些流氓这才明白上当了：“妈的，给我追！”

林瞳和许彦行没命地往前跑，也顾不上看路，跑着跑着居然来到了护城河边，而流氓们依然在后面紧追不舍，两个人只好沿着护城河旁边的小路继续跑，却突然发现前面又冒出两个拿着木棒的流氓正等着他们撞上去。

“一定是他们打电话叫来的。”许彦行心想。前有堵截、后有追兵，这下可怎么办呢？许彦行和林瞳两人喘着粗气，不得不停了下来。

络腮胡也渐渐放慢速度，恶狠狠地看着许彦行和林瞳，冲他们背后挥了挥手，说时迟那时快，两边的流氓一拥而上，对着许彦行挥起木棍就打。突然有一个流氓想去抓林瞳，却被反应敏捷的许彦行飞身冲过来一拳给打开，但是林瞳却没有来得及站稳，脚下一滑掉进了护城河。许彦行见状马上俯冲过去想拉住她，谁知又有一个流氓挥起木棍就向他砸来，自己在躲闪间没能控制好平衡也跟着掉进了河里。

许彦行憋足一股气奋力从浑浊的河水中捞起林瞳，拽着她浮出水面。这时络腮胡拿着一根棍子得意地说：“说吧，是想交钱呢，还是想在下面继续泡着？”

林瞳吐了几口脏水，干脆地说：“没钱。”

“哟，这么嘴硬，看来还没喝够啊……”

话没说完就突然听到不远处有人大喊一声：“你们是什么人？在这里干什么？”

几个流氓回头看了一眼，立刻惊慌起来，四散逃离：“快跑！警察来了！”

林瞳和许彦行听到后，马上大声呼救。不一会儿，一个民警就跑过来询问他们的情况，另一个在旁边用对讲机向总部求援。很快，消防车就赶到，把林瞳和许彦行从护城河里救了起来，并给他们披上了毛毯。警察向他们粗略地了解了一下事情经过，并询问了他们的身份后，就让他们现在先回家，之后再联系个时间去警察局录一份详细的口供。

警察走了后，两个人对视了一眼：他们浑身都湿透了，还散发着一股阴沟的臭味……林瞳努力辨认了一下四周的环境，然后说："我家应该就在附近，要不你先去我家换身衣服，洗个澡什么的……"

许彦行感觉有点尴尬，一句话没说，只是抬着头望天，林瞳赶紧解释："你别多想啊，我爸妈在家呢。"

许彦行沉思了一下，点头答应了。

许彦行跟着林瞳到她家，洗了个澡，然后换上林瞳爸爸的睡衣，来到客厅里。客厅空空的，他坐在沙发上，漫无目的地环顾着客厅，目光最终停在了对面墙上的全家福上。照片里林瞳站在中间，她的父母一左一右站在两侧。她还是那么一副高傲的样子，不过眼神中却透着幸福和快乐，因为爸爸妈妈都无比慈爱地紧紧贴着她……许彦行突然想到了自己，心酸和伤痛一瞬间涌了上来……"如果爸爸妈妈还在一起，如果爸爸从来都不曾离开，我也应该是这么幸福的吧……好累啊，真的好累……不想再撑下去了……"许彦行感觉视线渐渐模糊了起来，眼皮也越来越重，终于坚持不住躺在沙发上，睡了过去。

这时，林瞳从卧室里出来了，看到许彦行睡在沙发上，赶忙过去小声叫他："许彦行，许彦行，你不能在这儿睡啊，我爸妈都在家……"

许彦行却一点反应也没有，呼吸平稳而有序。可是林瞳却着急死了，万一被爸爸妈妈看到自己突然带了个男生回来，肯定会多心的，于是就想把他摇醒，手刚伸出去却一下子停住了。她看见许彦行的眼角有一滴泪，脸上的泪痕还清晰可见。他哭了？林瞳慢慢地缩回了手。“也许在他内心深处，也有着不为人知的痛苦吧……”她没有意识到，就在那短短的一瞬间，自己的眼神中流露出了一丝难以觉察的，淡淡的怜爱。

第六章

第二天早上，许彦行从梦中醒来，迷迷糊糊地看见眼前有两个挤在一起的脑袋瓜。他揉了揉惺忪的睡眼，再定睛一看，赫然发现两双豆大的眼睛正在好奇地“研究”自己。许彦行一个激灵坐了起来，看着面前一对表情像是在审视外星生物的中年男女，开始还有些讶异，再看了看周围陌生的家具，才想起是在林瞳家里。

“对不起，请问……”

“不对，应该我先来问你，你是谁？嗯？”

许彦行刚想发问，却被那个男人一下打断。

许彦行镇定地说：“我叫许彦行，是林瞳的朋友，请问……您是她父亲吧？”

那男子点点头，又摇摇头说：“林瞳是我女儿，不过我怎么不知道你是她的朋友？你以前都没到我家来过，林瞳也没提过你呀。”

许彦行觉得林瞳的爸爸怪怪的，一时不知道说什么。

“嗯……看来小瞳有事情瞒着我们……”林瞳的妈妈自言自语，突然向许彦行问道，“是小瞳的男朋友吗？”

“不是。”许彦行马上肯定地说。

林瞳爸爸却故意调侃说：“确定不是？不是怎么可能会在我家过夜？嗯，那肯定是小偷了，我要打 110。”

许彦行也不再解释，换了个较为舒适的姿势靠在沙发上，不太相信地看着林瞳爸爸。虽然这人看上去不怎么靠谱，但他不会真的去打 110 吧？谁知道林瞳妈妈会意后，真的拿起听筒就拨起号码来，逼得许彦行赶紧说：“对不起，伯父伯母，我是小瞳的男朋友，我怕你们反对，所以刚才才不承认的。”

话音刚落，林瞳就推门进来了，三个人也齐刷刷地转头望向林瞳。

看着他们三个奇怪的样子，林瞳料到这误会肯定是产生了，心里暗想：不得了了。她连忙问道：“爸，妈，你们没去晨练呀？”

“去，去，马上就去。”林柯梦答应着，跟于丹青起身走到门口时突然又杀了个回马枪，“小瞳呀，你挑的男朋友还不错，我和你妈没意见。”说完两个老顽童就砰的一声关上了门。

林瞳白了许彦行一眼：“男朋友？”

许彦行耸了耸肩，摊开双手说：“我那是被逼无奈，在冒充你男朋友和被 110 抓走之间我选择了前者，仅此而已。”

林瞳感觉像是被什么噎住了，说不出话来，不过她不得不相信，这事儿确实是他们的风格，至于 110 嘛，没准儿还真做得出来。

而此时此刻在病房里，温暖的晨光已经渐渐洒满了夏誉雯的病床，她轻轻眨动了几下眼睛，惬意地享受着这一刻的美好，刚想起身喝水，却发现严彻正趴在床沿熟睡。

她小心翼翼地坐起来，充满爱怜地看着严彻，不自觉地缓缓伸出手去，又在即将触碰到严彻的脸时停住了，犹豫了一下，又慢慢地缩了回来，不料却被突然推门进来的哥哥吓了一跳。

夏誉希看到严彻还在睡觉，就蹑手蹑脚地走到床前轻声地问：“老妹，好点了没？”

夏誉雯强掩住惊慌的情绪，也轻声地说：“嗯，哥，我没事了。”

夏誉希指指严彻，开玩笑地说：“进展不错呀。”

看着妹妹一脸不好意思，夏誉希又继续调侃道：“你喜欢他吧？我早看出来了，其实这感情啊，就是要大大方方地承认、坦坦荡荡地交往，躲躲藏藏永远不会有真正的快乐……”

“好好好……”夏誉雯怕哥哥一直纠缠这个问题，只得打断他，“哥你什么时候还成了情感问题专家了？自己现在都还没谱呢……那我只跟你说啊，我是喜欢严彻。”

夏誉希这回被妹妹堵得严严实实的，迟钝地点点头，在帮夏誉雯将床慢慢摇到一个躺着舒适的角度后，还在琢磨着要怎么反驳这气人的妹妹，严彻却正好醒了过来。他见夏誉希来了，就连忙打招呼说自己还有事，起身跟夏誉雯道别就要离开。夏誉希见机会不错，于是借口要送严彻，跟他一起出了病房。

两人一边走一边有一搭没一搭地聊着，夏誉希突然半开玩笑地问："你对我妹没有其他想法吗？"

严彻不假思索地说："没有啊，我只当她是妹妹。"

夏誉希以为他还不好意思，就说："你不用找借口了，我妹有我这一个哥就足够了，喜欢就大大方方承认了吧。"

"夏誉希，喜欢这两个字可不能乱说。"严彻没来由地紧张起来，犹豫了一下说，"其实……我，我有……喜欢的人了。"

夏誉希故作惊讶地问："谁啊？"

"是……林瞳。"

听到林瞳两个字，夏誉希惊得跳了起来：天啊，他怎么会和自己喜欢同一个女孩？他稍微定了定神，有些怀疑地问道："可是，你怎么会喜欢林瞳的呢？啊……你不会是因为想表明你不喜欢我妹就拉林瞳出来做挡箭牌的吧？"

严彻说："我是那种人吗？"

夏誉希看他认真的样子，确实不像是在开玩笑："嗯，好像……还真不是，可我还是很好奇，你是从什么时候开始喜欢林瞳的？"

"反正喜欢她就是了，你问这么清楚干吗？"

夏誉希却半开玩笑半认真地说："那从现在开始我们就是情敌了，既然是敌人当然要知己知彼了。"

严彻看着夏誉希，认真地说："那么，我也有个问题想问你，你是真的喜欢林瞳吗？她跟你之前认识的那些女孩儿可不一样。"

夏誉希笑笑说："这你就放一百个心，正是因为她与众不同，我才追她的。上天可以作证，我对林瞳绝对是真心的。"

"好吧，我暂且相信你。林瞳是我第一个真正喜欢的女孩，我会尽全力争取的。"严彻认真地说。

夏誉希也认真地说："我也不是说着玩的，我不会轻易放弃。"

"我也不会。"

而林瞳这时候正尴尬地和许彦行共进早餐。

于丹青和林柯梦一边不停地打量着许彦行，一边不断地给他夹菜，俨然已经把他当成了家里的准女婿。许彦行见林瞳也有这么手足无措的时候，都不知偷笑过几回了，同时又觉得现在的林瞳特别可爱，比平时冷冰冰的样子强多了，于是就故意殷勤地跟她爸妈套近乎，想继续逗逗她。

"那幅画是谁画的？挺特别的，用色也很大胆。"许彦行指着旁边墙上的一幅画随口问道。

于丹青很骄傲地说："我画的，开始是为筹划行为艺术展时准备的。"

许彦行不解地问："行为艺术展？阿姨您是画家还是行为艺术家啊？"

林瞳瞪了他一眼，许彦行故意装作没看到。可是于丹青一听就来精神了，兴奋地说：“画家和艺术家其实是一体的，我和小瞳爸爸为了筹办这个行为艺术展费了很大心血，主要是一直找不到场地，这些画就搁着了，我们家画室像这样的画还有一大堆呢！”

许彦行从小就一直喜欢美术，觉得这些画真的很不错，如果放在吉他吧，应该很能吸引人，同时也可以帮到他们，就直截了当地问：“叔叔阿姨，你们对场地有什么要求没有？”

林柯梦说：“我们的行为艺术展的灵活性比较强，对场地没什么要求，即使是露天广场我们也没问题。”

“这样啊……”许彦行瞟了眼林瞳，说，“我有个吉他吧，如果叔叔阿姨觉得没问题的话可以考虑去那里办。”

林柯梦和于丹青没想到两个人头疼这么久的问题，今天突然就能解决了，马上异口同声地说：“好呀，没问题！”

林瞳本来就不喜欢他们弄什么行为艺术，一看许彦行还煽风点火给她添乱，又不方便在父母面前发作，就狠狠地踩了他一脚。谁知许彦行居然强忍住疼，拒不理她。看到欣喜不已的父母，林瞳知道自己是没办法阻止了，便借口吉他吧有事，拉起许彦行就走。

一逃离爸妈的视线，林瞳就故意跟许彦行分开走，不理睬他。许彦行完全不在意，自顾自地笑着继续往前走，同时也不忘调侃她：“喂，女朋友，赶紧跟上来。”

林瞳气愤地站住：“许彦行，你有完没完！”

许彦行却微笑地看着她说：“怎么了？叔叔阿姨刚才可是要我多

多照顾你，乖，快过来。”

林瞳气呼呼地转身朝反方向大步走去，走了一段之后又忽然发现不对劲，想起自己是要去医院看夏誉雯的，这样走反了，于是又转过身快步往许彦行这边走来，经过许彦行旁边时还瞪了他一眼。许彦行看完了整出戏，觉得好笑极了。

两个人一前一后地走进病房，夏誉希看到许彦行来了，冷冷地瞟了一眼，没有搭理。许彦行也有些尴尬。倒是夏誉雯看到他们来了很开心，热情地跟他们打招呼。只是夏誉希一直不说话，气氛渐渐地僵了，大家很快都陷入了沉默。

夏誉雯看不下去了，为了不让大家都难堪，于是就故意借口说自己要吃东西让夏誉希去买，知道哥哥肯定不会肯，就又让林瞳也去帮自己挑点可口的点心。这下夏誉希就只好乖乖地就范了。

许彦行看到他们都走了，就开玩笑地问夏誉雯：“呵呵，昨天他的表现怎么样？”

夏誉雯腾地脸就红了，许彦行又接着跟她讲起了自己眼中的严彻：“他这个人啊，对音乐有着一种近乎疯狂的热爱，只要给他一把吉他，他就能沉醉一天。”说着，许彦行就学起严彻弹吉他的样子来，边学边问夏誉雯像不像，把夏誉雯逗得大笑起来。

“什么事让我女儿这么开心啊？”

伴随着一声浑厚的男中音，舒伯华、舒婉莹跟夏杰一起走进了病房。夏誉雯看到许彦行的外公和妈妈也都来看自己了，赶紧热情地打招呼。

舒伯华询问了她的情况后，关心地说："以后那些爬上爬下的活，就让彦行他们去做，他们男生就应该多干重活，照顾女生嘛。"

夏杰客气地说："舒董，这孩子就是被我惯坏了，爬个楼梯都能摔到。"

舒伯华笑着说："现在的孩子，哪个不是被捧在手心里啊。"回过头来又问夏誉雯："你和彦行是一个学校的吧？"

夏誉雯点点头说："是的，舒爷爷。"

舒伯华最初听女儿说起夏誉雯在彦行的吉他吧摔伤，发现彦行又一夜未归，就猜想他肯定是在医院照顾誉雯，而这两个孩子的关系也肯定不一般，不然以夏家的地位，夏誉雯怎么也不会去吉他吧干活，自己那个一向谨慎的外孙也不会整个晚上都在医院照顾一个女孩。想到这里，他盘算着如果这两个孩子可以结合的话，那对舒家、对彦行自己都不失为一个好的选择。所以他才特意要求来医院看看夏誉雯是个什么样的女孩，结果眼前的夏誉雯清纯可爱，又礼貌懂事，便很是满意，决心一定要促成他们，于是特意叮嘱许彦行要好好照顾夏誉雯，然后就放心地和舒婉莹、夏杰各自回公司去了。

林瞳和夏誉希从超市买完一堆零食回来，路上林瞳把拎着大袋小袋的夏誉希远远地甩在后面。这也怪不得她，本来心情就乱糟糟的，那夏誉希还一直追着问她是不是喜欢严彻，结果把她彻底惹急了，进了病房后也不跟他站一起。

许彦行不知道发生了什么事，正坐在一边诧异地看着这两个奇怪的人，突然林瞳冷不丁冒出来一句："你不是说下午要赶策划吗？我们现在就走吧。”

“什么策划？”夏誉希问。

林瞳懒得理他，抓起许彦行的手就出了门，只留下呆若木鸡的夏誉希陪着他大吃零食的妹妹。

林瞳本以为像许彦行这么一个大男生的卧室会又脏又乱，结果却完全出乎她的意料，这卧室干净整洁，简直一尘不染。林瞳惊讶之余走到许彦行的电脑桌前拿起一叠资料翻看，发现他也照样整理得非常细致，市场调研的分析结果也总结得十分到位，不由得对他产生了一点好感。

“还在上学你外公就交给你这么大的项目，看来挺器重你的啊。”林瞳一边翻着资料一边说。

“没办法啊，能者多劳呗。”许彦行想了想，又觉得不对劲，“你什么意思啊？说我走后门吗？”

林瞳笑了一声说：“没有啊，像你外公那样的人物，应该不会轻易将这么大的项目交给一个没能力的人。”

许彦行自从昨天的事之后，对林瞳倒是没什么反感了，反而很喜欢跟她开玩笑，就又调侃她说：“呵呵，你要是想夸我就直说。”

“切。”林瞳一脸不屑，随即进入了工作状态，仔细阅读着手里的资料分析说，“现在调查结果显示，大部分顾客更看重的是手机的质量，那我们的方案中应该着重体现这一部分。”

许彦行也赞同地说：“嗯，这是一方面，还有名人效应，在市场推广这一块也有着不容忽视的作用，你看看严彻，在学校里小有名气吧，那天的义卖活动他可是吸引了不少人。”

林瞳点点头说：“有道理。但我们并不能完全依靠名人效应，还要考虑当下社会手机主要消费群体的心理状态，无论我们做什么宣传，最终的目的都是让他们去买手机。”

“嗯，考虑主要消费人群的心理是对的，但我们不能完全依赖这个，而是要去积极引导这种社会心理，争取做到让消费群体随着我们的宣传走，而不是我们完全被动地跟着社会心理走。”许彦行补充说。

两个人随后打开了夏普的官网，一边全面浏览相关信息，一边激烈地进行讨论分析，就连舒婉莹端着一盘水果进来都没有发觉。舒婉莹咳嗽了一声招呼他们吃水果，然后嘱咐说不要忙太晚。许彦行也回过头让妈妈注意多喝水，早点休息。

林瞳在一旁敏感地发现许彦行对他妈妈的态度非常温柔，而且很细心，完全不像一般男生那么粗鲁，便对他的好感又加深了一点。

“没看出来，你对你妈妈还这么关心。”舒婉莹出去后，林瞳看着许彦行伸伸懒腰说。

许彦行倒是不以为然地说：“自己妈妈，总得关心点呗。”

林瞳拿起叉子叉起一块水果，边吃边在房间里转悠，忽然看见床头摆着一张他小时候的照片，于是走上前停住细看。照片上的许彦行笑得很傻。这个时候许彦行赶紧一个大步横过来，用身体挡住了林瞳的视线。

“干吗这么小气，来来，让开让开。”

“喂，你是来工作的，好不好？”

林瞳有些耍赖地说：“现在是休息时间，我国宪法上好像没有规定工作期间不能休息。”

见许彦行拒不合作，林瞳也懒得纠缠，便转过身继续漫无目的地打量这间宽大的卧室，突然发现角落里堆放着一个眼熟的包裹，于是好奇地走了过去。

“咦？这包裹上的牌子跟我那把小提琴好像是同一个……”她刚想走近些看，却又被许彦行挡了个严实。

“你房间里怎么这么多秘密啊，这也不让看那也不让瞧的？”

“你以为就你们女生有隐私啊？所以啦，就不要到处乱晃了，抓紧时间赶策划吧。”许彦行一边把写满了一脸“有隐私了不起啊”的林瞳推回到电脑桌前，一边用余光瞟了小提琴包裹一眼，她恐怕永远也不会知道许彦行也曾想赔一把小提琴给她。

严彻在跟夏誉希聊完回到家之后，躺倒在床上准备好好休息一下，却猛然想到：林瞳不会也以为自己真的喜欢夏誉雯吧？紧接着又发觉自己好像也从来没有向她表白过。

严彻不知怎么就感到一阵心慌，也顾不上收拾整理，便以最快的速度赶到了林瞳兼职的那家夏普专卖店，没想到却扑了个空。

他马上又心急火燎地给林瞳打了个电话，本想一鼓作气表明自己对她的感情的，但在知道了她是在许彦行家里商量策划案之后，却又不知道如何开口，支支吾吾了半天，只好说自己会在海边等她，让她忙完再过来。

于是严彻又马不停蹄地来到海边，心里翻江倒海一般，在沙滩上来来回回地转了好几圈，最后却发现自己根本没有勇气开口。要怎么和林瞳说呢？先找一堆借口做铺垫？还是干脆直截了当？万一被她拒绝怎么办，不是连朋友都做不成？

“唉！”严彻弯腰捡起一粒石子扔向大海。

夏誉雯喜欢自己的事，林瞳是不是已经知道了呢？如果自己没有跟夏誉雯说清楚，反过来却又向林瞳表白，会不会被她误解自己三心二意呢？

严彻越想越头大，海滩都快被他圈个领地出来了。他抬起头看着灰蒙蒙的天自言自语：“还是先回学校，先跟夏誉雯解释清楚，再找个合适的机会和林瞳说吧。”

而林瞳这边，接完严彻的电话后总觉得他今天怪怪的，不知道究竟出了什么事，与其继续这么一心二用，还不如直接去弄个清楚，就跟许彦行借口说想起还有其他要紧的事得先走，然后直奔海边。谁知到了海滩上，只见脚印不见人，林瞳更加困惑了。

晚上来到吉他吧，林瞳远远地看见了严彻，本想上去好好问问他，可他好像总是躲着自己，一副藏着多大秘密的样子，真搞不懂他到底是怎么了。

第七章

“回来的感觉真好！”夏誉雯在严彻的搀扶下，环视着林阴道上有说有笑的人们，由衷地感叹。

在医院里躺了一个月以后，她说什么也不想再这么躺下去了，尽管脚踝还是不能受力承重，但通过自己不讲道理的坚持，夏杰还是同意她回学校了。

“嗯，能呼吸这么新鲜的空气，当然好了。你要不要停下来休息会儿？”严彻今天“奉命”陪着她，当起了她的贴身看护。

“嗯，就坐那儿吧。”

严彻扶她走到不远处的一张长椅前坐下。夏誉雯靠在椅背上，眯着眼静静地享受了一股凉爽的微风之后，转过头看着严彻。严彻发觉了，但一直不敢正视她那热切的眼神。

“誉雯……”严彻低着头欲言又止。

“严彻，我喜欢你。”夏誉雯的眼神依旧那么坚定。

严彻吃惊地看着她，完全猝不及防，嘴唇翕动，头脑中闪过所有跟婉拒沾边的字眼，可就是一句话也说不出来。

这一切夏誉雯都仔仔细细地看在眼里，不知不觉，她的视线就模糊起来，声音也有些哽咽了：“我只想把这些话留在心里，不想说出来……我怕一说出来，就留不住你了。但是我还是要说，因为我喜欢你，就是喜欢你……我不知道你为什么没去医院接我出院，我打电话给你也无人接听……但我还是要说出来，我不想憋在心里，难受……我不想难受……刚才来的时候我还很清醒，现在我有点麻木了……我要现在说出来，我怕我一会儿忘了我来做什么的，连这些话都说不出来……”

严彻见她越哭越厉害，紧张得手足无措，只知道让她不要哭。但是夏誉雯不理他，继续哭着说：“我难受，我要说出来……这是我第一次对别人说出爱，我不清楚你心里到底是怎么想的，我也不在乎别人怎么看我……我能接受任何结果，包括坏的，也包括好的……你不要顾及我的感受，你就直接回答我就行，我已经做好了准备……你说吧，你现在就说。”

看着她满是泪痕的脸庞，严彻的心就莫名地疼起来……“不能让她知道我喜欢林瞳，因为这会让她受伤、让林瞳为难，那样的话我宁愿自己来承受这份痛苦。”

“我们先做朋友吧，好吗？”严彻一时也想不出其他的办法，只好这么说。

夏誉雯看着他，虽然严彻并没有直接拒绝自己，但她知道，这已经是一种拒绝了。她真想放声大哭，可是，又有什么用呢？那样的话严彻只会把她当个长不大的小妹妹来看吧。先做朋友……那就先做朋友吧，以后说不定还有机会呢。夏誉雯忍住泪水，胡乱擦了擦红肿的双眼，认真地点了点头。

许彦行没有去接夏誉雯出院，而是出现在了另一间飘着浓重药水味的病房里，一个皮肤黝黑、瘦骨嶙峋的中年男人正借助呼吸机安静地熟睡。许彦行靠着门边的墙壁，在这光线昏暗的病房里默默地注视着他，不知过了多长时间，才轻手轻脚地走出去关上了门，长长地叹了口气。这个男人，正是他那失踪许久的父亲。

此时许彦行的心里鼓鼓地憋着什么东西。是恨吗？自己的身上正流着他的血，这么多年来他一直是自己最渴盼的依靠。是爱吗？可在自己和妈妈最需要他的时候，他却抛弃了自己。不想见他吗？那张全家福一直都被自己珍藏在上锁的抽屉里，时不时地拿出来，回想着曾经短暂的快乐童年时光。想见他吗？可当他突然出现在自己面前时，却几乎认不出来，那个把自己高高举在头顶的男人，已经被病魔折磨成了这般模样。虽然曾无数次地怨他、恨他，最终自己还是选择了救他。尽管医生说，他已经心力衰竭，即使动手术，成功的几率也不大，但还是希望可以尽自己所能凑够那昂贵的手术费，可以让他在这个世界上多活几天。而且，也只能靠自己。这件事不能让其他人知道，尤其是妈妈，他伤妈妈已经够深的了，妈妈现在最需要的，是平静的生活。

"爸……"许彦行仰起头，紧紧地闭上了双眼。

夜里，吉他吧内人头攒动。夏誉雯坐在台下凝视着缓缓吟唱的严彻，面前的 Macbook-air 上还显示着一张严彻演唱时的照片。林瞳这时走过来在她对面坐下，夏誉雯手忙脚乱地赶紧关闭了照片。

林瞳那天接夏誉雯回学校，才知道她原来喜欢严彻，后来严彻又不明不白地约自己去海边，还以为他是因为喜欢夏誉雯不好意思直说，想通过自己转达，于是就鼓励夏誉雯去表白。谁知却是这种结果，真不知道严彻心里怎么想的……

"誉雯，没事儿的，严彻这个人慢热，慢慢来，以后会越来越好的。"林瞳安慰她说。

"我才不管他慢不慢热，我就是要对他好，好到他不可能不对我好，好到他喜欢上别人的时候，一想起我就觉得没我好。"

看着眼神坚定的夏誉雯，林瞳很替她不平，恨不得马上去问清楚严彻到底是怎么想的，于是二话不说走进了排练室。她盯着刚刚演唱完的严彻，就对旁边的许彦行说："彦行，你出去会儿，我要和严彻说两句话。”

“你没看见我满脸的疲惫和无奈吗？需要说话的是我啊。”

“让你出去就出去，怎么那么多废话啊？”

“啊，我招你惹你啦，怎么什么都冲我来了？”说完，许彦行从冰箱里拿出一瓶啤酒磨磨蹭蹭地开门出去。

林瞳抢上一步把门砰的一声关上，然后单刀直入地质问严彻：“誉雯有什么不好？”

“啊？她……很好啊。”严彻看她气势汹汹的样子，不知道怎么回答好。

“那你为什么不喜欢她呢？难道你还有喜欢的人吗？”

“我……”严彻犹豫了一下，还是说了出来，“我喜欢你。”

林瞳听了一愣，她显然没料到事情会变成这样，不知道还能说些什么。两个人都沉默了。

过了一会儿，还是林瞳打破了这尴尬的平静：“我一直把你当成好朋友的。誉雯她是个好女孩，她真的很喜欢你。”

“我知道，你也是个好女孩。”

“可是，在我心里，你只是我的好朋友，甚至可以说是好哥哥。我没有办法欺骗你。”

“嗯，你也不用……”

林瞳忽然发现自己很理解严彻，是啊，友情不是爱情。他对夏誉雯，想必也是如此吧，可以做朋友，却无法做恋人。感情，真是件微妙的事，仅仅相差一步，却已经如隔千里。

排练室又重新陷入了沉默。这次换严彻先开口了："林瞳，咱俩还能成为好朋友吗？非常非常好的朋友。"

林瞳对着表，认真地说："现在是北京时间23点12分，从现在开始，我们就是非常好的朋友了。"

严彻傻愣愣地看着她，还没来得及弄明白是什么意思。林瞳就抬起头说："好朋友，替我去哄哄她吧，一直到她恢复正常状态为止。"

严彻心领神会地笑着点了点头。

许彦行被林瞳轰到外面刚跟夏誉雯聊了一会儿，就看到严彻走了过来："彦行，你进去吧，我要跟誉雯聊会儿。"

许彦行作出一副不满的样子说："嗨嗨嗨，今天都什么毛病啊？把我想扔哪儿就扔哪儿，你们难道就没注意到，我也正纠结着吗？"

严彻也不多说，就冲他摆了摆手，许彦行只好站起来说："得，我还是牺牲自己成全你们吧。"

等许彦行转身走远了，严彻才诚恳地对夏誉雯说："今天的事……对不起啊。"

"没事了，我就是刚才有点郁闷，现在好多了。"夏誉雯笑了笑，毕竟感情是勉强不来的，其实从朋友做起，慢慢了解也不错。

严彻见夏誉雯恢复了以前开朗的状态，也放心了很多，就跟她说自己后天下午要去许彦行外公公司的新曲发布会上做暖场歌手，约她去捧场，夏誉雯满心欢喜地答应了。

这边是风平浪静了，可另一边却突然浪花飞溅了起来。

“许彦行，你少胡说八道！”林瞳突然一声大叫。

许彦行喝了口啤酒，坏坏地说：“不信你去问誉雯，她亲口跟我说的，说你内心貌似是喜欢我的。”自从“被男朋友”之后，他发觉林瞳其实还有可爱的一面。最近，他越来越喜欢逗她了。

林瞳不满地说：“你别拿誉雯当挡箭牌，她现在这样，我能这么去问她吗？”

许彦行又说：“啊，不是说女儿是父母的贴心小棉袄吗？你爸妈把我当准女婿看待，还真挺让我为难的。”

“你自我感觉还真是良好，都快赶上夏誉希了。”林瞳一脸的不屑。

许彦行倒是满不在乎：“啊，我跟你说啊，我跟夏誉希可是有着本质上的不同。如果从天而降，我肯定是脚先着地，而他是脸先着地。”

“是啊，你脚先着地，随后又被绊了个跟头。”

“我就是被连绊十个跟头，那也不至于惨成他那样。”

就在大家都其乐融融地一起欢声笑语的时候，有一个人却一如既往地“默默无闻”，“知趣”地退回到自己从来都毫不起眼的阴暗角落。尽管，这并非她本意。

天色已经很晚了，唐娜拖着疲惫的步子回到自己简陋的出租屋。她到许彦行的吉他吧当驻唱歌手已经有一段时间了，跟大家相处得也很融洽，再加上她歌唱得也不错，为吉他吧吸引了不少顾客。但是，她不甘心，很不甘心。自己要脸蛋有脸蛋，要嗓音有嗓音，凭什么只能过这种生活？

唐娜抿着嘴从皮包里摸出钥匙开门，开灯。沙发上却赫然坐着那个诈骗娱乐公司的流氓老总络腮胡！不过唐娜看见他后似乎并不害怕，反而像看到了一件很自然的事情，随手把包往沙发上一扔，面无表情地说："你怎么来了。"

"怎么？河还没过，就想拆桥啊？你那富家少爷泡得怎么样了呀？"

"徐辉，我给过你钱了，戏也演完了，你以后不要再来找我了。"唐娜面无表情地说。

"真是处心积虑啊，为了勾搭上富家少爷，请我们拽人家进公司，然后自己假装被逼拍裸照，来一出英雄救美……"徐辉摇着头，递上一杯酒继续说，"算盘是打得妙啊，不过他好像还没看上你吧？要不要继续合作？不然被人家知道了可怜的灰姑娘其实是个女巫，可就不好玩啰。"

唐娜冷冷地盯着他，接过酒杯，一饮而尽。

时间过得很快，MJ 集团的新曲发布会马上就要开始了，严彻正在认真地练习暖场曲目，许彦行和其他人站在舞台旁，边聊天边不时看着手表。这时一身时尚名牌的夏誉希潇洒地走进了会场，来到严彻旁边。严彻头也不抬，一边弹着吉他一边轻声哼唱，很是投入。夏誉希没出声，一转头看到林瞳和许彦行他们四个人有说有笑的，就悄悄地走过去听他们到底在聊些什么。

"没想到叔叔真的拿起电话就要打 110。"许彦行绘声绘色地比划着。

“那后来呢？”唐娜急切地问。

许彦行得了便宜还卖乖地说：“当时我没得选择，只好承认是林瞳的男朋友啰。”

林瞳赶紧说：“纠正一下，是冒充。”

唐娜神色复杂地瞥了瞥林瞳，妒火中烧，却不知还有个人也正一脸不屑地狠盯着许彦行，夏誉希那眼神看上去就像恨不得要打掉许彦行的门牙。

新曲发布会正式开始了，严彻在台上纵声演绎由他和许彦行原创的歌曲，那优美的旋律和跃动的歌词，感染了在场的所有人，大家都随着他温暖的嗓音有节奏地摇摆着身体。一曲终了，会场内掌声叫好声顿时不绝于耳，这时主持人在一旁借着热烈的气氛顺势请出舒伯华和夏杰上台启动发布会仪式。

启动仪式过后，记者开始了提问：“请问MJ集团与夏天集团将如何进行深层次合作？”

舒伯华微笑着说：“首先没想到大家第一次合作就这么有默契，这也要感谢夏天集团的大力支持。至于接下来的合作，我们双方还在规划之中，很快会有结果。不过可以向大家透露一个好的消息，我的外孙许彦行和夏家千金正在恋爱。”

夏杰听完愣了一下，心想这么大的事，怎么没听女儿提起过？但是既然舒董这么说了，不管事实如何，现在也不是讨论这个的时候，只好面对频频闪烁的镁光灯僵硬地微笑着。

可台下的人们就没这么配合了，现场一片哗然。许彦行站在舞台一侧，听到外公的发言后也呆住了，他惊讶地看着舒伯华，知道肯定是外公误会了，不过如果现在就冲上去说明真相，那么现场的一切都会乱套，但如果不这么做，又对不起誉雯……就在他刚要鼓起勇气冲到话筒前的时候，爸爸那苍老瘦削的脸突然浮现在了眼前，医生说如果不做手术，他就拖不了多久了，可是那高昂的手术费……现在只能先稳住外公，把那个策划案的启动资金弄到手救急，其他的，慢慢再解决吧……想到这里，许彦行又退了回去。

而这一切也都被舒婉莹看在眼里，她不明白彦行为什么会有这种反应，难道他根本不喜欢夏誉雯？许彦行望着高兴的外公，渐渐从震惊转为平静。“对不起了，誉雯……”他又看了一眼焦虑的舒婉莹，隐蔽地摆了摆手告诉她自己没事。这时，各家媒体又纷纷朝向许彦行，闪起了一片白光……

唐娜听到这个消息后，简直要抓狂了。不可以，绝对不可以！她拿起手机，给徐辉打了个电话。而正坐在发布会旁休息区靠椅上的夏誉雯听到舒伯华的这番话后，惊得脸色发白，腾地站起来就想冲上台去。

陪在她身边的严彻见状一把拉住她说：“我知道你很生气，但现在不能就这么冒失地上去啊，要顾全大局……还是先看看彦行一会儿怎么说吧。”

夏誉雯不安地看着严彻说：“他什么都没说啊，什么都没说不就是默认了吗？”

严彻肯定地说：“不会的，我对彦行很了解，他一定会给你一个满意的答复的，再等等。”

夏誉雯看着严彻，又望着舞台上被闪光灯映得发白的许彦行，说不出话来。

而此时，林瞳却被夏誉希提前带离了这么一个戏剧性的微妙场合，错过了成为惊愕一分子的机会。

“你到底要带我看什么？”

林瞳被他一路带到了繁华的商业步行街中心广场。广场一角的摩天大楼上那块超大的电子屏幕里，正闪烁着各式商品广告。

“等一等。”夏誉希怡然自得地笑了笑，随即拨通了一个电话后，伸手一指摩天大楼上的电子屏幕。

林瞳顺着夏誉希指的方向望去，电子屏幕上的广告开始消失，紧接着慢慢出现了一大捧娇艳鲜红的玫瑰，屏幕下方醒目地亮出一行闪闪发光的字：

献给世界上最美丽、最性感、最可爱、最高贵的女神——林瞳！

林瞳看得瞪大了眼睛，简直难以置信！夏誉希得意地看着自己的杰作，又兴奋地看着林瞳，不由得伸出一只胳膊环住了林瞳的肩，他相信没有一个女孩会不喜欢这样极致的浪漫，林瞳一定会被自己感动的。

可是这样一个激动人心的时刻，除了无数有幸共同见证的路人外，还被一个不速之客给一帧不落地偷拍了下来，尤其是当夏誉希的手搭上林瞳的肩膀……

“这谁啊，这么没眼力！”路易恼怒地抬起头，上前质问挡住他镜头的那个女人，“喂，你干吗？别自找麻烦啊，赶紧让开。”

“哟，果然是资深的大娱乐记者路易啊，等人的同时都不忘老本行，就是我约你出来的。”唐娜抛去一个生硬的微笑，眼神不无轻蔑地看着这个徐辉介绍来帮她来破坏许彦行跟夏誉雯关系的娱记——路易。

路易朝林瞳和夏誉希的方向努了努嘴说：“错，我这是在做老本行的同时还不忘等人。我最近正在挖广告业大亨的儿子的风流史，你看，正玩浪漫呢，不拍下来多可惜啊？”

唐娜向林瞳和夏誉希所在的方向望去，不屑地说：“花花公子泡灰姑娘美眉，泛滥成灾的东西，有什么好爆的？我可以给你更加有价值的猛料。”

而林瞳这时早已经回过神来，发现夏誉希正环着她的肩，一把推开他，气愤地说：“感动你个头啊！色狼！”

“啊？你一点都不感动吗？”夏誉希感到很惊诧，挠着头自言自语地说，“怎么会这样，这招我以前用都百试百灵的啊？”

林瞳无奈地说：“夏誉希，你每天除了研究泡妞以外，就不会做点别的什么事了吗？我拜托你正经一点，好不好？”

“我是很正经的啊，”夏誉希说完又小声补充说，“正经地想泡你。”

林瞳忍无可忍地爆发了：“夏誉希你几岁了啊？别人都在努力地为了未来打拼，你不努力也不要妨碍别人进步吧！我每天除了认真上课学习，其他的时间还得去几家店里做兼职，没时间陪你这个富家公子玩游戏！”

她顿了顿，把气理顺了一下，接着说：“许彦行都开了个酒吧在锻炼自己，你还不如他呢！”

夏誉希被林瞳说得一愣一愣的，半天才缓过来：“我哪里不如他，你不会是真喜欢上他了吧？那张女人脸。”

林瞳揉了揉太阳穴，不理会他，径直沿原路回去了。夏誉希跟在林瞳后面继续油腔滑调：“喂，许彦行没什么好的，你别在他身上浪费时间了，赶紧弃暗投明吧，我敞开温暖的怀抱接纳你。”说完调整了下步子，故意跟林瞳的步频一致，认真地说：“许彦行能做到的我绝对也能做到的，你相信我啊。”

就在这个时候，唐娜恰好迎面走过来，添油加醋地把发布会上许彦行跟夏誉雯的事抖了出来：“许彦行啊，在发布会现场跟你妹妹夏誉雯表白，说是两个人已经在一起了。我这才知道他们两个是一对的呢。”

听到唐娜的话，夏誉希愣了一下，随即怒气冲冲地喊：“卑鄙小人！我去找他！”

林瞳也有点感觉浑身不自在地跟了上去，却没有发现，他们的背后正闪过一丝阴冷的诡笑。

吉他吧歇业一天，灯光昏暗，没有酒保也没有顾客，只剩下许彦行坐在吧台前独自一人喝着闷酒。只听哐啷一声，吧台上瞬间又多了一打啤酒，许彦行扭头一看，严彻已经坐在了他身边。

“一个人喝酒，你这个兄弟当得很称职啊。说说吧，憋在心里多难受。”

许彦行摇了摇头说：“一时半会儿是说不清楚了。”

严彻打开一瓶酒，说：“我知道你有难处，但你总这么一个人忍着不说出来，别人会误解你，你自己心里也不舒服啊！”

许彦行感激地拍了拍严彻的肩膀，喝了一口啤酒，没有说话。可是这难得的平静却被突然冲进来的夏誉希给彻底打破了。

“许彦行！”夏誉希揪住他的衣领二话不说就一拳揍了过去。

许彦行出于歉疚，毫不反抗。正当夏誉希准备挥出第二拳的时候，林瞳及时赶了过来挡在许彦行身前，而夏誉希也被严彻奋力拉开：“够了！”

夏誉希还在试图挣脱：“什么够了？他在台上胡说八道的时候有没有想到够了？”

许彦行却耷拉着头面无表情，回到吧台继续喝酒，仿佛眼前发生的事与他无关。正在这时，许彦行的手机震动起来，他眯着眼看了看来电显示，猛地一惊，接通了电话。

“外公……嗯，好，我马上过来。”许彦行收起手机，看着林瞳张了张嘴，但终于还是一句话也没有说出口，趁着夏誉希被严彻拉住的机会，快步离开了吉他吧。

夏誉希朝着他的背影不停地喊：“他就是想讨好他外公！然后顺理成章地继承他外公的财产！现在倒把我妹妹拉来垫背，亏他想得出来！”

而林瞳一时也想不清楚，只是直觉告诉她，事情没有那么简单。他应该不是那种会为了钱伤害朋友的人，这其中，是有什么隐情吧……

第八章

雄浑激昂的交响曲从留声机里汹涌喷出，心情不错的舒伯华坐在柔软的沙发里正端着一杯红茶，看到许彦行急匆匆地走了进来，便招呼他坐下，抑制不住喜悦地说："呵呵，你跟夏家那闺女真是般配啊，不管是从外表来说还是家世也好，都那么登对。虽然之前我们跟夏家有二十多年没联系了，但是夏誉雯这孩子我还是清楚的，从小就跟你一样，学习优异，心地也很善良，你们两个在一起，肯定会很幸福，外公真的很高兴啊！"

听了这番话，许彦行只是附和地笑了笑，舒伯华品了口茶，接着说："如果你和誉雯能好好交往，结成这门亲事，不但是一桩美谈，还能为两家以后的合作奠定基础，那就太好了！”

许彦行频频点头答应着，但是一回到卧室，就心神不安起来。这时舒婉莹敲门进来了，问他是不是真的在跟夏誉雯谈恋爱。

许彦行不想她担心，就随便编了个谎话说：“现在我跟夏誉雯在一起是假的，但是我以后想要跟她在一起好好恋爱，这个是真的。”

舒婉莹担心地说：“唉……你果然是为了不驳你外公的面子才不在发布会上说的。但是，你以后要追求夏誉雯吗？你确定你喜欢她吗？你不要为了……”她一下子想起了当年舒伯华也是为了生意利益让自己嫁给夏杰，舒婉莹不想儿子承受同样的痛苦。

许彦行却打断了她的话：“我会喜欢上她的。”

舒婉莹慈爱地看着儿子的眼睛，认真地说：“儿子，如果你真的喜欢夏誉雯，那妈妈支持你。但你要记住一点，恋爱始终是自己的事，喜欢还是不喜欢，都从自己的内心出发。你自己好好想清楚以后再决定吧。”说完拍拍许彦行的头，起身出去了。

许彦行又何尝不明白这个道理呢？但是，现在急需用钱，而爸爸住院这件事，是绝对不能让妈妈知道的。就算全天下的人都错怪自己、指责自己，也一定要这么去做，尽管那个男人曾经那么不负责任地抛弃自己、抛弃这个家……这可能就是所谓的血浓于水吧。

许彦行长叹了一口气，重重地倒在床上。爸爸的手术费还没到手，这个时候一定不能让外公失望，外公这么看重和夏家结亲，现在只能先顺着他的意思来，至于以后……走一步看一步吧。对不起，妈妈。

对不起，譬雯……

可是他的脑海中却不自觉地浮现出了林瞳的身影，她拉小提琴的样子，跟她一起掉到护城河里，被伯父伯母误会是她男朋友时她又羞又恼的表情，想着她跟自己一起做策划时认真的样子……

“我怎么会这样？”许彦行突然又用力地甩甩头，“我一定是最近压力太大了。”想到这儿，他站起身来，用遥控打开音乐，努力让自己在音乐声中平静下来。

第二天上午，许彦行拿着改好的夏普手机策划案赶到公司，见舒伯华正在办公室的落地窗前凝望着远方，便轻声敲了敲门。

舒伯华听到敲门声转过身来，高兴地说：“是彦行啊，来，坐。今天早晨公司开了晨会，对新曲发布会做了一下总结。公司高层们都觉得，昨天的新曲发布很成功，媒体普遍反响都很好。你找来的暖场歌手也不错，特别是那首曲子，听说是你写的吧？相当于专业水准了，很不错啊！”

“谢谢外公，那只是我的业余爱好，其实跟专业作者比起来还是有一定差距的。”许彦行谦恭地说，顺势把夏普的策划案递了过去。

舒伯华接过厚厚的一沓纸，一页一页认真地翻阅着，不时赞许地点点头，对着方案说：“彦行，你这份策划案做得很精细，很多细节的地方都考虑得很到位，看得出来，你花了很多心思。嗯……既然你这么努力，也具备了独当一面的能力，那么，夏普的策划案就确定由你全权负责吧。这个方案再去稍微完善一下，我看过之后做下安排，让你正式接手这个案子。项目运转的资金会稍后注入，你好好干吧。”

许彦行内心窃喜，点头答应着，刚一出办公室，就拿出手机拨通了林瞳的电话，约她到自己家里一起来完善夏普的策划案，但是又怕她拒绝，所以把意图说明后就马上挂断了手机。以林瞳的个性，既然是工作上的事情，她应该会来的。

果然，林瞳依约来到了许彦行家，但是刚一见面就质问他：“你怎么可以这么不负责任？你想没想过誉雯？想没想过大家都在为这个事儿揪心？”

“我知道。”许彦行想要解释，又不知道怎么开口。他不知道能不能把父亲的事告诉她，能不能信任她？如果说了的话她又会不会认为那只是为了博取同情的借口呢？许彦行左思右想都得不出个结果来，只好把话压了下去。

林瞳也不再说话，两人尴尬地坐着不动，就这样僵持着。过了一会儿，林瞳终于忍受不了尴尬，打破了沉默：“方案不是要得很急吗？别坐着不动了，我们开始吧。”

许彦行这才反应过来，忙着打开桌面上的资料，指给林瞳说：“你看，这是今天早上我赶出来的新的策划方案，与原来的相比新加了一些元素，更加完善了。”

林瞳仔细看着资料说：“哦，你是说一切都从市场出发，以顾客的角度分析问题……”

许彦行呆呆地盯着林瞳的侧脸出神，不知从什么时候开始，她的开心、她的忧伤都可以轻易牵动自己的情绪……林瞳似乎发现了许彦行一直在看着自己，于是猛地一抬头跟他对视起来。

见林瞳盯着自己，许彦行忙心虚地收回视线，谈起方案来："你看，这个图表是去年中国各个地区各个手机机型的销售情况。从中看出华中和华南地区的人们热衷消费轻巧精致的机型……"这时林瞳为了想看清图表，不由自主地向他靠过来，后来却又发现靠得太近，偷瞄了一眼许彦行，不自然地又拉开了两人的距离，心不在焉地继续听着。

偏偏许彦行刚好凑过去抬了一下头，两个人的脸差点贴到一起，林瞳的脸霎时就红了，慌慌张张地说："我，我突然记起我还有事，很急很急的事，我得先走了……"说完急忙站起来往门口走去，都没注意到把笔落在了桌上。

许彦行木然地望着她离去的背影，许久才回过神来。趴在桌子上，盯着那支笔轻轻闭上了眼睛，他发现，他的心里有点乱，毫无理由……

夏誉希这天因为社团的事来吉他吧找严彻，进门看到许彦行也在，便不自觉地放慢了脚步，想偷听他们在说些什么。原来严彻不过是在和许彦行一边喝酒一边畅聊着有关音乐的话题："当初我来你的吉他吧驻唱，最看重的就是它的风格，乡村音乐，真的很迷人。它摒弃了都市的喧嚣，纯净得没有一丝杂色，它透露出来的美，感觉跟宋词很像。"

谈到音乐，严彻总是神采飞扬，一晃头看到夏誉希来了，便招呼他过来一起喝酒。夏誉希坐下后直接无视许彦行的存在，接着严彻刚才的话题说：“其实你们吉他吧的风格可以偏向乡村摇滚一点，我比较喜欢乡村摇滚。”

许彦行却说：“乡村摇滚略嫌激烈，还是流行乡村音乐比较适合吉他吧。”

夏誉希不屑地说：“什么品位，俗气。”

看他们两个一见面就吵，严彻赶紧圆场：“只是音乐风格不同，没什么俗气不俗气的。”

许彦行趁着酒劲对着夏誉希说：“我看是乡村摇滚俗气才对，你要是觉得流行乡村音乐不好，我们可以上台比比，看看到底是谁的音乐风格更能在吉他吧引起共鸣。”

“好，比就比！”夏誉希早就想给他来一个下马威让他心服口服了。

许彦行径直走到舞台上，拿起放在椅子边的吉他，校正好麦克风，调整了坐姿，便开始自弹自唱林一峰的《By My Side》。这首安静的歌曲被他清新耐听的嗓音细腻地诠释着，让人听了有种被温暖包裹的感觉，林瞳也被从排练室里吸引出来，沉醉在这美妙的氛围中。夏誉希一开始还对他们陶醉的样子有些不屑一顾，但是越听越认真，渐渐地也流露出赞赏的表情，嘴上却丝毫不饶人：“切，也就那样了。”

许彦行一曲唱完，向听众道谢后走下舞台，掌声和叫好声一直持续到夏誉希上台。

这时了音乐声又重新响起，仔细一听，原来是 Rascal Flatts 的

《Pieces》。轻摇滚的曲风，配合夏誉希那富有张力的嗓音，吉他吧的气氛一下就被推上了高潮，不少顾客跟着节奏摆动起了身体，甚至还有人跟着和唱了起来。林瞳也感到有些不可思议，没想到他在音乐上还有这么一手。不等他唱完走下台，掌声就已经迫不及待地响了起来……

夏誉希得意地回到座位，挑衅地看了许彦行一眼。

“还行。”许彦行从牙缝里吐出两个字。

林瞳怕他们又吵，赶紧说：“你们都唱得很棒，虽然风格不同，但是各有各的特色。”

严彻也赞同地点点头。

“哼，没意思。”夏誉希轻蔑地撇了撇嘴。许彦行则像没听到一样径直走向了排练室。

第二天，夏誉希来到新大陆模特经纪公司的门口。他昨晚无意中看到林瞳看许彦行那充满欣赏的眼神，想起林瞳曾经说自己不如许彦行，就很不服气，想证明给林瞳看自己一点也不比他差，于是想今天就来模特公司试试看。他找到工作人员咨询了一下后从前台要了一张表，正准备填写。

“这不是夏天集团的……”

夏誉希抬头一看，正是那天在街上发名片给自己的星探，那人看到夏誉希惊喜地说：“哎呀，你还用填什么表呀，快跟我来吧！”

夏誉希跟着他不明就里地来到了人力资源办公室。办公室的空间显得很大，似乎专门为了招聘而有意空出来的。星探带着他径直走向一个面试官，说："刘老师，我带来一个很有潜力的年轻人来面试模特，您看一下吧。"

那个姓刘的面试官认真地看了看夏誉希，说："你好。小伙子外型条件是挺不错的啊，走个位看看吧。"夏誉希不知道走位是什么意思，疑惑地看着星探，星探解释说："就是走模特步。"

夏誉希生涩地点点头，定了定神，在面试官办公桌前的空地上潇洒利落地走了一个来回。面试官点头说："嗯，很有派头，不错。等会儿看看上镜效果怎么样吧。"

在给夏誉希试拍了几张照片后，面试官看着他欣赏地说："整场看下来，你的条件是相当优秀的，可塑性极强。"然后又对星探说："我看啊，可以直接定下来拍那条广告了。"

星探会意地点点头。夏誉希倒是很惊讶地看着两个人说："拍广告？这么快？"

星探说："是啊，一条手机广告，需要一男一女两个模特，明天就得开拍了。你就定下来了吧，我还得去物色个女模特。"

夏誉希一听马上想到了林瞳，如果自己能和她一起拍广告就真是太好了，赶紧说："你们想要什么样的女模特？我有个朋友说不定能来试试，绝对优秀。"

"好啊，如果可以的话让她现在就尽快过来吧。"

夏誉希立刻拨通了林瞳的电话。

不过，林瞳的第一反应是以为他又在哪喝醉酒了，但在他认真而急切的坚持下，还是来到了新大陆模特经纪公司。

面试官第一眼看到青春靓丽、身材高挑、气质优雅的林瞳就非常满意，试镜之后，马上决定录用他们两个作为广告片的男女主角。夏誉希带着林瞳从公司出来后，兴奋地对她说："你看吧，我还是很有能力的，找工作一试即中，人家面试官直往死里夸我啊！"没想到却迎面碰上了手拿公文包脚步匆忙的夏杰的助理。

"咦，怎么在这碰见您了啊？"

夏誉希不好意思提自己面试的事，就敷衍说："没什么，我来陪朋友面试的。你干吗来了？"

夏杰助理指了指新大陆模特经纪公司的招牌说："公司有个广告委托这家模特公司找演员，明天就要开拍了，我来谈些细节方面的操作问题。"

夏誉希听了之后，微微皱起了眉头，心想今天的事情这么顺利，不会是因为这个原因吧……

凑巧的是，许彦行正好开车经过新大陆模特经纪公司，无意间看到林瞳和夏誉希在一起，心里头突然觉得酸酸的，于是把车停好后过去跟林瞳打招呼："嗨，林瞳，你怎么会在这里啊？"

夏誉希没等林瞳回答便插嘴说："她和我一起来面试模特，怎么了？"

许彦行无视夏誉希，继续看着林瞳，说："你昨天走得那么匆忙，笔都忘记拿了。"

林瞳接过笔，不敢直视许彦行的眼睛：“谢谢……”

夏誉希好奇地问：“你们昨天在一起干吗？”

林瞳不理睬他，没话找话地问许彦行：“你还随身带着笔跑啊？”

“嗯，不知道什么时候能碰见你，就随身带着了……”许彦行点点头温柔地说。

夏誉希越看两人越不对劲，在一旁插嘴道：“喂，你们还没有回答我呢，你们昨天在一起干什么啊？”

许彦行和林瞳不耐烦地异口同声道：“做策划。”夏誉希被堵了个结结实实，哑口无言。

“林瞳，能和你单独说句话吗？”许彦行感到心里有股声音已经忍不住要冲出来了。

林瞳没有直接回答，眼睛看着别的地方点了点头，夏誉希虽然一百个不愿意也只好不甘心地走到一边去了。林瞳心里有些不安，不知道许彦行到底想对自己说什么，总感觉现在跟他的关系有些微妙。不，不只是微妙……

“林瞳，我……”许彦行这会儿却又不知道要说什么。就在这时，他看见林瞳的耳后的头发上好像粘了什么东西，便不自觉地伸手去拈，那不听话的指尖却偏偏不小心轻轻划过了她光滑的脸庞……

那一瞬间，仿佛世间的一切都静止了，所有的声音也都湮灭了，唯有脸庞通红的两个人在互相倾听对方急促的呼吸和心跳……

林瞳觉得自己大脑嗡的一声响，所有零件都不守秩序地绞成了一团。她怔怔地往后退了几步就逃也似地跑回去，迅速钻进夏誉希的车里，呆呆地说了一句话：“送我回学校。”

眼看着林瞳和夏誉希一起飞驰而去，许彦行只能傻傻地站在原地，然后狠狠敲了一下自己的头：“我到底在做些什么啊……许彦行，你个大蠢货！”

林瞳回到学校后被严彻叫去音乐教室帮忙搞大扫除。为了转变心情她欣然答应，又想想机会不错顺便也通知了夏誉雯。

严彻边摆放桌椅边和林瞳随意地聊着：“想想咱俩的关系还真是神奇啊！”

“呵呵，怎么神奇了？”

“我表白，你拒绝。说实话，一开始我还真想不开，后来和彦行在吉他吧喝酒，再后来我们又谈了一次，我心里突然就想明白了。”

林瞳发现跟严彻把话说清楚之后，两个人的朋友关系更加稳固了：“你还好，不会为了面子去做什么，如果换做别的男生，肯定是先假装还喜欢我，然后慢慢地接受做朋友。”

“没错，那种男生是想告诉你，他喜欢你不是一时冲动，是深层次的，所以需要时间来缓解。”

正在这时，门突然响了一下，林瞳一转头，就看见夏誉雯慌慌张张地站在门口。林瞳不清楚她到底听到了多少，理解成了什么，发觉夏誉雯想离开就赶紧叫住她说：“我今天还有其他的事，麻烦誉雯你继续帮严彻大扫除吧。”夏誉雯接过拖把，靠在门口看着林瞳远去的背影犹豫不决。

严彻挠了挠后脑勺，不自然地对夏誉雯笑笑说："我来拖地吧，你把桌椅、窗户什么的擦擦就行。"

夏誉雯有些不好意思地把拖把递给严彻，两人的手不小心碰到了一起。夏誉雯红着脸缩回手，严彻接过拖把开始埋头拖地，偶尔偷偷看看心不在焉擦着桌椅的夏誉雯。夏誉雯脑子里一片混乱，回想了一下刚才听到的话，又闭上眼睛摇了摇头，迫使自己什么都不想，使劲擦了起来。

音乐教室打扫完之后变得十分整洁，夏誉雯坐在桌子上发呆，严彻拎着一个塑料袋走进教室，在夏誉雯对面坐下，从袋子里拿出一瓶汽水递给夏誉雯，自己拿了一听罐啤，拧开喝了一口。

夏誉雯双手抱着汽水瓶轻轻晃动，目不转睛地盯着瓶中晃动的汽水，突然说："严彻，你那天拉住我，我知道你是怕在那种场合许彦行会下不了台，到时候对我们的影响都不好。可是因为他的默认，现在外面都以为我们真的是在恋爱，走到哪都被不停地追问，善意的、恶意的，什么都有。我……现在就像这瓶中的汽水，被关在透明的瓶子里，四周都是压力。"

"誉雯，放松些，别人怎么说随他们说去，不要给自己太大压力了。其实彦行也有他自己的苦衷，这些年他一直为别人活着。很多时候很多事情他都无可奈何。"

夏誉雯听了苦笑说："他有苦衷？为什么我要平白无故地去承受

这一切？”

严彻拍拍夏誉雯的肩膀，说：“谁都不想事情变成这个样子，相信我，这件事他一定会想办法处理好的。”

夏誉雯抬起头看看严彻无奈地笑了笑，盯着汽水瓶又沉默了一会儿，才缓缓地说：“刚才我进来的时候不小心听见你跟林瞳说的话了。”

严彻不好意思起来，刚准备开口就被夏誉雯打断说：“你不需要解释什么，作为林瞳的好朋友，我可以肯定她是个很好很好的女孩，她那么优秀，你喜欢她很正常，没有什么不好意思的。”

严彻看着她，那么善解人意，纯白无瑕，忽然感觉自己心里某个地方正在融化，温暖地融化……

林瞳揣着一颗乱糟糟的心回到家里，林柯梦、于丹青两人看到林瞳走进家门赶紧迎上前，一左一右抓着林瞳问：“怎么那个许彦行今天没跟你一起回来呀？”

林瞳很不耐烦地说：“他跟我一起回来干吗？”

“当然是回来跟我们好好商量一下你们的婚事啦。”林柯梦说。

林瞳吓了一跳，责备地说：“你说什么？婚事？你有没有搞错，我现在还在上学呢。”

于丹青小心地说：“许彦行那么好的孩子，你不加把劲，小心让别人抢走呀。”

林瞳反问：“他有什么好的？”

于丹青拉着林瞳坐下，说：“傻孩子，这你就不懂了，我们看着许彦行就挺好，看哪哪感觉好。小瞳，这就是缘分，人这一生错过了就很难再遇到第二次。你看我和你爸，我们就是紧紧抓住了缘分才会像现在这么幸福。”

站在一旁的林柯梦赞同地频频点头。林瞳本来就心烦，再加上爸妈这么一说就更烦了，站起来说：“你们去和他幸福吧，我没兴趣！”然后气冲冲地走进卧室，漠然地看着窗外。

誉雯听到了多少呢？她不会太多想吧？毕竟，自己跟严彻本来就没什么。林瞳呼了口气，低下头看着手机里许多的未接来电，想起许彦行今天反常的举动，便不自觉地皱紧了眉头，闭上眼躺倒在床上，喃喃自语道：“好乱啊，谁能告诉我到底是怎么了……”

“林瞳。”

“林瞳！”

一阵声音从下面传过来，林瞳猛然回过神来。

“你从上面楼梯上往下走，还有几节楼梯的时候，正巧看见路过的夏誉希手上炫目的手机，你被手机漂亮的外形所吸引，不由自主奔向手机。这时夏誉希会转身正对着你，你找好感觉，动作一定要漂亮。不要紧张。”导演在一个街道的布景前认真地给她说戏。

林瞳重新整理了一下思绪，提醒自己现在正在工作，别胡思乱想什么，一切等拍完广告再说，然后回到开始站着的位置准备再次开始。夏誉希在一旁紧张关切地看着她一遍又一遍地做着飞跃的动作，每次跃出去都会重重地扑倒在垫子上发出砰的一声。

“好！林瞳，可以了。”导演喊道。

夏誉希在旁边松了口气，而林瞳却对导演说：“导演，我再试一次吧，刚刚手的姿势感觉有点不对。”

“好吧，那就再来一条，各单位注意！准备——Action！”只见林瞳深吸一口气，面带笑容从楼梯上猛地纵身一跃……

“漂亮！Cut！”

夏誉希赶紧小心地扶起林瞳，拿了件衣服给她披上。许彦行却不知怎么在这时出现了，他走到林瞳面前，恳切地说：“林瞳，给我点时间，我们单独聊会儿。”

林瞳偏过头去说工作时间不能闲聊，夏誉希见他没有要离开的意思，就说：“你没听到林瞳说的吗？她说她没空，你干吗还来纠缠她？”

许彦行仍旧坚定地站在她面前，林瞳又有些心烦意乱了。这时，一个工作人员在远处朝他们这边喊：“林瞳、夏誉希快去那边换衣服，拍下一场了！”

“好的，我们就过来！”夏誉希答应着，拉了拉林瞳的衣服说，“林瞳，我们走吧。”赶巧的是许彦行的手机又响了起来，是舒伯华的电话。他只好看着林瞳远去的身影，无奈地离开。

晚上，严彻推开吉他吧排练室的门走了进来，排练室内没人，严彻刚要出去，许彦行就垂头丧气地走了进来。

“怎么啦，你这是？”

许彦行无精打采地说：“哥们儿现在有点乱。”

“你又怎么了？出什么事了？”

“我今天……我……唉，这么跟你说吧，我发现自己好像有点……喜欢上林瞳了。”

“啊？”严彻惊讶之余又觉得有点好笑，默默地感叹命运还真是会捉弄人，“那，然后呢？”

“然后，没有然后。就这么不上不下地吊着，訾雯的事儿还没解决呢……”

严彻还是忍不住笑了：“彦行，我这么说吧，在很多事情同时发生的时候，也许下定决心放弃其中的一件，其他的就会有转机，但是你却想件件都做好，所以弄成现在这个样子了。”

许彦行看着严彻说：“一步错，步步错。我就是走错了一步，随后步步被动。你不要劝我了，到时候给我来个当头一棒，那样我才能彻底清醒。”

“行，到时候你就等着挨棒吧。”

许彦行仰靠在沙发上不作声了。

第九章

林柯梦手里拿着一张规划图在吉他吧里走来走去，于丹青跟在他旁边指东指西，两人不时停下来商量几句。林瞳和许彦行在他们身后摆放着桌椅。

林柯梦踱着步子走到吉他吧中央，环视了一圈后，指着周围的桌椅对许彦行说：“未来女婿，这些桌椅可不可以全部都收起来摆到一边去？我想把中间的空间留大一些。”

林瞳觉得很不好意思，就说：“爸，你能不能不要这么麻烦，就现在的地方够了，你把这些桌椅收起来我们堆到哪去？再说这桌椅搬来搬去肯定会有损坏的。”

许彦行赶紧说：“没事没事，我等下叫服务生过来搬，搬到仓库就行了，叔叔阿姨，你们看看还有其他需要改动的地方吗？”

林柯梦高兴地拍拍许彦行的肩膀说：“嗯，还是未来女婿好。”

“唉。”许彦行答应着，不无得意地向林瞳瞟了一眼。

林瞳憋着一口气，借口搬东西把他叫出了吉他吧：“我说许彦行，你答应得倒是挺爽快的啊。”

“什么呀？”许彦行还装听不懂。

“你说是什么，我爸妈那样叫你，你不知道不那么应啊？”

“长辈说话，不答应多不礼貌。”

“无耻！”

许彦行听着没有答话。林瞳抬着箱子突然加快了脚步，走在后面的许彦行有些跟不上，就叫林瞳慢些，谁知道林瞳甩过来一句：“你这么慢怎么追得上富家千金啊。”

许彦行沉默了一下，认真地说：“给我时间。”

林瞳笑了笑：“我没不给你时间啊，就是不知道您要多长。来，快点走，正好训练一下，将来说不定能派得上用场，你说是不是？”

“你该不会是在吃醋吧？”许彦行觉得空气中有种酸酸的味道。

林瞳生硬地大笑起来：“哈哈哈，你有没有搞错，我吃醋？怎么可能，你什么时候听说过我喜欢吃酸？拜托你不要自我感觉太好，以为世界上的女人都会喜欢你。”说完，林瞳突然觉得自己好像真的在吃醋，为什么一看到他默认跟夏誉雯的关系，心里就会隐隐地感觉不舒服呢？不，不对，自己只是看不惯他利用誉雯，一定是这样的。

“我只是不愿意誉雯因为你受到伤害。你是怎么想的我不管，你受不受伤我也顾不了，但是你要清楚誉雯是个很单纯的女孩子，她经不起你这么折腾。”

许彦行没有回答，抢过林瞳的箱子搬起就往里面走。林瞳站在原地气恼地看着他的背影，后来就去逛街转换一下心情。走着走着，她看到广场上有不少路人都频频回头注视着超市外墙的电子广告屏，于是走到人群后面，惊喜地发现，原来是在播放自己与夏誉希拍摄的手机广告。

恰好就在这时夏誉希打来了电话，兴奋地约她到餐厅去吃饭，林瞳一想肯定是为了这件事，作为庆功的话也不错，便爽快地答应了。

第二天上午，许彦行像平时一样来到公司。当他走到舒伯华办公桌前，却看到外公一脸怒气地抽出一张报纸摔在他面前。许彦行不解地拿起报纸一看，发现上面大版面刊登着一张自己和林瞳非常亲密的照片，还打着大号标题：

MJ 娱乐接班人许彦行又有新恋人，夏天集团千金成旧爱。

许彦行大吃一惊，心里却很清楚，这绝对是有人在陷害自己。

舒伯华质问道：“这到底是怎么回事？怎么这种照片会出现在报纸的头版头条？”

许彦行解释说：“外公，我也不是很清楚，但是这件事情绝对不会发生，这照片是假的。”

“假的？谁有事没事弄个假照片干吗？彦行，你知道你这事对我们集团的形象造成多大损害吗？现在别人一提起 MJ 集团，第一反应就是他们的接班人是个花心的公子哥！你自己去看看今天集团的股票，因为这件事跌了多少！我不管你到底跟那女孩什么关系，这照片是真是假，你给我尽快处理好！”舒伯华说着说着火气就上来了。

许彦行答应着：“外公，我清楚这种报道对集团的形象有多大损害，我也是刚刚才看到这个报道。您放心，我马上想办法处理这个事，把对集团的不利影响降到最低。”

舒伯华见许彦行没有逃避，语气稍微缓和了一些：“你作为集团的接班人，做任何事情要注意，一切以公司利益为重。今天闹的这一出，你让其他股东怎么信任你？谁还敢把一个这么大的集团交给你管理？你自己回去好好想想，赶紧把事情处理好，尽量去挽回别人对你的信任。”

许彦行连连答应，眉头紧锁地走出了办公室。

林瞳和夏誉希今天一进模特公司，就感觉周围的工作人员都用一种奇怪的眼光在看他们，边看还边在偷偷议论着什么。签约进行得很顺利，夏誉希简单看了下合同，就写上了自己的名字，到林瞳要签字的时候，旁边的工作人员却忽然插嘴说：“林小姐真厉害，没想到你刚接拍一个广告就能跟 MJ 集团的继承人闹出绯闻，还上了娱乐周刊的头条，以后前途不可限量哪。”

林瞳不解地问：“什么绯闻？”

那人见林瞳完全不知情的样子，就把旁边的报纸递给她。林瞳一看就知道这绝对是假新闻，又回想了下刚才工作人员的话，便把报纸揉成一团扔进垃圾桶，转身往外走。夏誉希捡起报纸看了一眼，马上追了出去，也不过问什么，而是装作很轻松地说："还以为可以做同事呢。这样吧，想不想去哪儿散散心？我送你。"

"嗯……"林瞳的心情糟糕透了，早就想远离这些烦人的事了。

"我觉得挺奇怪的，你和许彦行应该不会有那种照片的，对吧？"夏誉希一边开车一边不安地瞟瞟她，小心地说。

林瞳始终无神地望着窗外，不耐烦地说："我现在没心情讨论这个，对于许彦行这个人，我更不想提到，真不知道他做的都是些什么事。"

夏誉希赶紧连声答应："好，不提，不提。"

许彦行心里苦闷极了，想到吉他吧去敲一通鼓发泄发泄，却碰到严彻正在排练室里练歌，忽然想起一件事，便有气无力地问他："后天，我外公公司的一个新曲发布会想请你过去暖场，你看行不行？"

"当然没问题。不急着回家吧？坐会儿聊聊。"严彻拿出一瓶酒，凑近他问道，"报纸上的事到底是怎么回事儿？"

许彦行不耐烦地一把接过啤酒说："就知道你要跟我聊这个。我不知道。"

严彻气愤地说："许彦行，你到底想怎样？你知不知道夏家被记者不停地骚扰，誉雯现在躲在家里都不敢出门。这次还把林瞳扯了进来，你倒好，跟个没事儿人一样。”

事情显然已经脱离了控制变得越来越复杂，许彦行烦躁得如坐针毡，站起身来准备找个清净地方好好理理。严彻一看他要走，有些着急地说：“你别跟我逃避。我告诉你，你自己要做什么事情我管不着，但是你不能让那些不相干的人受到伤害。”

“你再给我点时间，等到了合适的时候我会给你合理的解释。我先回家了，发布会的时间明天电话通知你。”许彦行转身想往外走，却被严彻严严实实给拦住了。

严彻第一次用冰冷的语气跟他说：“彦行，你太让我失望了，你再有什么苦衷也不能让夏誉雯和林瞳为你牺牲啊，她们是无辜的受害者。你要是个男人就应该马上去澄清这一切，给她们俩一个交代，其他的事情随便你。”说完，严彻头也不回气冲冲地走出了排练室。

两天后，于林二老的行为艺术展终于开展了，吉他吧里摆满了各式各样奇怪的枯树枝和大岩石，一些艺术家穿着类似树皮的衣服扮演成枯树，手里举着一幅幅油画上下摆动。于丹青领着一拨顾客参观，林柯梦则站在一张桌子上解说。林瞳和许彦行在玄关招呼着参观的人，提醒大家注意安全，不要损坏吉他吧的物品。

一开始行为艺术展还进展得很顺利，大家都看得很认真。可是好景不长，有个喝醉酒的参观者突然冲出人群，跑到展览区里，手里激动地举着一瓶快喝完的啤酒，疯狂地边跳边叫“保护地球”，东倒西歪地在展示区里撞来撞去，现场顿时一片混乱。林柯梦站在一旁干瞪眼地着急，手足无措不知该怎么办才好；于丹青则东一下西一下地去扶起倒在地上的道具，但于事无补。还好许彦行发现情况后及时制止，把醉酒闹事的疯子拖了出去。

林瞳也赶过来爬上桌子，对惊慌不已的参观者说：“各位，今天的行为艺术展因特殊原因不得不提前结束了，感谢大家的参加，现在请大家有秩序地从正门退场。谢谢配合。”

人群在林瞳和工作人员的疏导下慢慢散尽，于丹青和林柯梦则无力地坐在一片狼藉的展区里目光涣散，六神无主。林瞳进来看见这样的情景，无奈地摇了摇头。

许彦行撵走了那个醉鬼后，悄悄地走到林瞳身旁安慰她说：“没事儿，打扫一下就好了。还是过去看看你爸妈怎么样了吧。”

林瞳感激地看了他一眼，跟他一起走到林柯梦、于丹青跟前。许彦行温和地说：“叔叔阿姨，你们不要伤心了，今天的展览总体来说还是很成功的，来参观的人都已经知道保护环境的重要性了。”

林柯梦、于丹青就像做了错事的小孩子一样低头搓着双手，林瞳看着他们那委屈的表情，哭笑不得：“算了算了，你们先回去吧，剩下的这些我来收拾。”

林瞳等爸妈离开后，望着混乱不堪的吉他吧，紧皱着眉头不知所措。许彦行拍了拍她肩膀，递上一把扫帚，带着其他服务生开始打扫起来。一顿饭的功夫，吉他吧就在大家的努力下恢复了往日的整洁。

两人收拾完残局后，筋疲力尽地瘫倒在卡座的沙发上。林瞳疲惫地拍了一下许彦行说："今天真不好意思，把吉他吧弄得这么乱，还要你帮忙打扫卫生。"

"没事，能帮你爸妈实现艺术梦想我也很开心。"

然后两人谁也没再说话，沉默了一会儿。

许彦行开口说："那篇报道你怎么看？"

林瞳的语气很平缓："我现在什么都不想去想。倒是你，到现在还没个动静，我们都不知道你到底是个什么想法。说实话，就你现在这态度，我们谁都想抓着你狂扁一顿。照片我们俩都知道是假的，可是其他人并不知情。我倒不在乎这些对我有什么坏影响，可是誉雯怎么办？现在记者天天追着她问，她现在电话都不敢接，更别说出门了。你难道不打算出来把事情说清楚吗？"

许彦行叹了口气："唉！事情没想象的那么简单。我只能说现在还不是时候，希望大家都先忍忍。"

林瞳第一次见许彦行这么忧郁。

"我知道最近大家的日子都不好过，我也好不到哪儿去，家里的事情实在是太多，也太复杂，压得我快透不过气来……"许彦行无力地说。

"你总是说你有苦衷有苦衷，可是却从来不跟我们说明白，我们又怎么能理解？"

许彦行苦涩地笑了笑："今天你能够这样和我说话，对我来说就是最大的理解了。"

林曈躲闪着许彦行的目光，说：“每个人都有自己的围城。你看看我那对国宝父母，成天就想着实现自己的艺术梦，为了艺术什么不靠谱的事情都做得出来。唉，我能拿他们怎么办，只能由着他们去折腾。”

是啊，父母是无法选择的，想到躺在医院里的父亲，许彦行的目光更加黯淡了。

两个人一边聊一边喝，结果都不知不觉喝醉了，桌上散落着一堆空酒瓶。许彦行迷迷糊糊地醒来，揉了揉发胀的脑袋，感觉到左手有些酸痛，转过头一看，发现林曈躺在自己的手臂上睡着了。许彦行怕惊醒她，一直不敢动弹，过了一会儿才小心地移动了下身体，在一旁静静地观察她熟睡中那迷人的脸……

第十章

在一家豪华酒店的宴会厅里，MJ集团新人歌手杰西的新曲发布会正在隆重举行。杰西一首歌唱毕，许彦行就在热烈的掌声中代表MJ集团上台发言："各位来宾，我代表MJ集团对大家能在百忙之中抽出时间来参加本公司新歌手杰西的新曲发布会表示感谢。杰西先生是位很有音乐天赋、音乐素养极高的实力派歌手，MJ集团为有如此实力的歌手的加入感到非常荣幸。相信在今后的日子里，杰西先生在MJ集团的帮助下，会为大家呈献更多更好的音乐。请大家往后也多多支持杰西，帮助他更快进步。"

在一阵礼节性的鼓掌后，许彦行又接着说："借此机会，我还要向各位澄清一个谣言。相信各位都看过前几天《娱乐周刊》的头版了，大家都以为我许彦行做了对不起夏誉雯的事情，今天我要向大家把误会解释清楚。在座的各位都是明眼人，报纸上刊登的照片完全是用电脑合成出来的，照片上的女生只是我的一个普通朋友，我们之间完全没有什么亲密关系。”

说到这里严彻以为事情终于能够水落石出了，顿时眼前一亮，没想到许彦行却话锋一转：“我现在很正式地告诉大家，我喜欢的人是夏誉雯，我们两人的恋情很稳定，谢谢大家关心。请大家以后不要再骚扰夏誉雯以及她的家人。本人再一次向大家表示感谢。”然后在众多闪光灯的照射下深深地鞠了一个躬。

严彻先是惊讶得张着嘴说不出话来，随后气愤地从座位上一弹而起。这时，刚好轮到他上场唱歌了，严彻迎着走下台来的许彦行怒目圆睁，而许彦行却意味深长地看了严彻一眼，好像是让他不要生气，自己是有苦衷的，让他配合自己演戏。

但是严彻压根儿没心情去理会这些，冷着脸走上台说：“首先，我要感谢MJ集团给我上台演唱的机会，但我今天不想唱，因为这首曲子，是一个卑鄙小人写的，我不想用他写的曲子。其次，我也要澄清一个谣言，一个刚刚许彦行先生捏造的谎言。作为夏誉雯和许彦行的朋友，我以我的人格担保，夏誉雯和许彦行只是普通朋友，他们之间绝对不存在恋爱关系！”

台下瞬间就炸开了锅，严彻丢完这个重磅炸弹后径直走出了宴会厅。许彦行面色凝重地看着好兄弟远去的背影。他知道，严彻是真的生气了，不然他不会说出这么严重的话，他不知道这些话会给许彦行造成多大的困难。如果失去了外公的信任，那给爸爸做手术的钱就绝对会泡汤，自己苦心撑到现在的努力也就全白费了……事情怎么会变成这样？自己伤害了夏誉雯，伤害了林瞳，现在又伤害了严彻，闹到现在众叛亲离的结果，难道自己真的做错了吗？

同时在场的夏杰和舒婉莹也是满脸震惊，半天没反应过来，而坐在夏杰身边的舒伯华更是气得一脸铁青。媒体记者们争先恐后地涌向许彦行，舒伯华抓着麦克风大声说："该歌手的言论纯属造谣，不代表我公司立场。另外我个人对于本次发布会的突发情况深感抱歉，我外孙与夏氏集团千金交往的事属家族私事，秉着公私分明的原则，我个人不会直接干预。今天的发布会就先到此结束，各位媒体记者的提问我们公司暂不予回应。"

说完这些话后舒伯华气冲冲离场而去，各媒体记者们见状又一拥而上追向舒伯华，保安们忙上前维持秩序，整个发布会彻底陷入一片混乱……

"彦行，外公是相信你才让你主持这次新曲发布会的，没想到你找来的暖场歌手居然把一切都搞砸了！他到底知不知道今天是个什么场合？我们这个圈子其实挺小的，以我们MJ集团在这个行业的地位，他以后别想在这个圈子里混了！"舒伯华在办公室里大发雷霆。

许彦行听着舒伯华的批评，紧皱双眉，沉默不语。说真的，他虽然知道严彻在生自己的气，但是没有想到他会在这样的场合，把一切公之于众。不过此刻他担心的倒不是公司的声誉，而是这个兄弟、朋友，已经对自己失望到了极点，甚至有可能要离开自己。如果真是这样的话，那么自己这一生都会为此而内疚。这时舒婉莹站在门外听到父亲在里面发火，很想替彦行辩解，但是这种情况下她又怎么敢进去呢？

严彻出了酒店后哪儿都没去，直接回了吉他吧开始收拾东西。原先在吉他吧上班，一方面是为了喜欢的音乐，另一方面也是作为朋友义不容辞地给许彦行帮忙。现在许彦行变成了这个样子，他也不想再留下来了，与其继续这样不明不白地痛苦，还不如离开，越远越好。

在吉他吧留守做清理的林瞳见状一直在旁边劝他，但严彻一句话都不肯说。这时，许彦行也从公司赶回了吉他吧，一言不发地走进排练室里坐下，静静地看着严彻。严彻收拾好东西，默然地看了看林瞳，转身准备离开。许彦行瞥见之前送给严彻的吉他还摆在角落没有被拿走，忙把吉他递到严彻面前，示意他带上。严彻看了眼许彦行手中的吉他，嘴角动了动，没有说话。那天买这把吉他时，许彦行说是送给最好的兄弟的，但他们现在，已经无法回到从前了，那还要这把吉他做什么？严彻狠下心背过脸，快步走出了排练室。许彦行拿着吉他目送严彻走远，没有挽留，因为他知道，自己没有任何理由去挽留，除非说出真相。但是现在，手术费还没有筹到，他不想出一点意外。

林瞳不解地问："你们到底怎么了？你们不是朋友吗？作为朋友严彻那种直来直往的性格你不了解吗？你们俩之间有什么不能心平气和地坐下来谈谈？"

许彦行沉默了一会儿，突然转头看向林瞳，有些迷茫地说："有些事真的很难做，要顾及这个，要顾及那个，最后没顾及到的只有我自己。你觉得我到底是对了还是错了？"

"许彦行，具体发生了什么我不清楚，我只知道你做了件错事，而且我们大家都不知道你为什么要这样做，毫无理由的……"

许彦行情绪有些激动地说："我有理由啊！我的工作机会得靠自己争取，我要保护我妈不再在外公家受气，我想帮刚走出去的兄弟完成他的音乐梦想，我想筹钱帮……算了，我就是这样一个自私自利、不择手段的人。你们还是早点看清楚我比较好。"

林瞳见许彦行情绪激动，已经快要失去理智了，便安慰他说："许彦行，你别这么激动，我……凭良心讲夏誉雯才是这整件事最可怜的受害者。她自己都不太清楚到底发生了什么，就被无辜牵扯进来，你偶尔想想她的感受事情也不会变成这样。"

许彦行听到林瞳说起夏誉雯，沉默地低下了头……

严彻背着包裹回到学校空无一人的寝室，无精打采地把包裹扔在一边，躺倒在床上盯着天花板发呆。门口传来咚咚咚的敲门声。

"严彻！严彻！"

严彻无力地从床上爬起来，打开门，夏誉希高兴地冲了进来。严彻关上门后又继续回到自己床上躺下。夏誉希兴奋地看着他，唾沫横飞地唱起了赞歌："严彻，你今天干得太漂亮了！你的事我都听说了，我夏誉希举双手双脚支持你！对待许彦行那样昧着良心做事的人就该给他点颜色瞧瞧，让他尝尝你的厉害。其实啊，你做得还不够，要是我在场的话，就让他更难看。哼！这种人对他做任何事情都不过分，别看他整天装出一副正人君子的样子，其实满脑子的坏主意。对他不用客气！"

他就像个陀螺一样在寝室里快速地走来走去，一刻也停不住。突然，他仿佛想起了什么，停下来说："哦，对了，严彻，我妹想约你出去聊一聊。下午四点在学校附近那个叫什么的咖啡馆……"

严彻本能地点点头，脑子里空落落的，什么也不愿想。

夏誉希高兴地说："你快打扮打扮去约会吧。我现在得去找我心目中的女神了！嗯，我也得打扮得光彩照人一点，免得让人把我当成可恶的许彦行，哈哈哈！"

亲自揭发自己最好的朋友，让他在众目睽睽之下颜面扫地，无法收场，严彻的心里又好受吗？但他只能通过这种方式不让朋友继续错下去，希望可以阻止他吧……

不知不觉到了四点钟，严彻强打起精神，应约来见夏誉雯。夏誉雯感谢地说："严彻，你在发布会上的事我哥都跟我说了。他告诉我你为我出头那会儿，我真是不敢相信自己听到的那一切，叫他掐了下我的手才发现自己没在做梦。"

严彻面露一丝苦笑，说：“其实发布会上我那么做只是想阻止彦行，我不想看到他一错再错。作为朋友，我现在真的不知道该怎么做了，所以才会当着那么多人的面……现在想想，我应该是没做错。”

夏誉雯立刻赞同地说：“你肯定没错，也许他一时半会儿不会懂，但最后肯定会懂的。呵呵，不管怎样还是要谢谢你。这些天发生了这么多事我一直闷闷不乐的，现在好多了。呵呵，今天要不是你，现在我的眼泪还不知道又在哪个角落打转呢。”

严彻一脸平静，喝下一大口咖啡说：“不用谢，其实我到现在都想不通，他为什么变成了现在这个样子，他应该不是这样的，为了自己的利益完全不顾及别人的感受，这不是我认识的他。他变了，变得越来越陌生了。看到他现在这样我心里很难受，是真难受……”

夏誉雯关切地看着他说：“我知道你跟许彦行是很好的朋友，发生这样的事你心里肯定很不好受。你也别难过了，也许你对他的了解还不够，又或者他隐藏得太深了。”

严彻感叹着说：“刚进大一认识他的那会儿，好像就发生在昨天……那会儿真好，整天无忧无虑的，那时候他还有梦想，现在……估计是没了。”

两人都沉默了一阵，夏誉雯担心地问：“严彻，你今后有什么打算？因为我的事，你跟许彦行闹翻了，吉他吧也不去了，我真不知道该说什么。”

严彻叹口气说：“唉，就这么着吧，事情已经发生了，现在走一步算一步。”

夏誉雯握紧拳头，看着严彻坚定地说：“严彻，加油，你的梦想还在啊！我永远支持你！”

看着温柔可爱的夏誉雯，严彻觉得很感动，她在经历了这么大的伤害之后，却还来鼓励自己……这么好的一个女孩子，她一定会得到真正的幸福的，一定。

幽静的林阴小道上，微弱的灯光将严彻和夏誉雯的影子拉得很长很长。

“谢谢你送我，严彻。”

“没事儿。”

眼看就要到宿舍门口了，这时，许彦行突然走过来到夏誉雯面前，看了一眼严彻后说：“誉雯，能耽误你几分钟时间吗？就几分钟时间。”

夏誉雯不想理他，她已经伤透心了。

许彦行诚恳地说：“我来是想为之前我所做的事情向你道歉。很抱歉我从来都没有考虑到你的感受。我当时头脑发热就说了，其实我也早就后悔了，但我这人，严彻是知道的，有点好面子，所以就没来给你道歉。我现在来了，希望能得到你的原谅，要不我觉都睡不好，真的。”说完便转向严彻，恳求地看着他。但是严彻并不搭理他。

“严彻，我们走吧，一会儿咱们不是还要去练习吉他吗？”夏誉雯也向严彻发出了求救信号。

“嗯。”严彻答应着，和夏誉雯继续向前走去。许彦行则站在原地失落地看着他们离去的背影。凄冷的灯光下，许彦行显得异常孤单。

深夜，许彦行在床上翻来覆去，折腾了好一会儿，才坐起来打开床头灯。夏誉雯不肯原谅自己，严彻也不能理解自己，林瞳……他看向角落里那个网上订购的小提琴包裹，陷入沉思。

林瞳会原谅自己吗？如果就这么失去她，真是很不甘心。

第二天清晨，林瞳从家里走出来。因为要拍广告，所以她化了点淡妆，显得更加美丽动人。

刚走到小区门口，林瞳就碰到了许彦行。听到他说要自己代他去跟夏誉雯解释，好让夏誉雯原谅他，林瞳就有些生气：“我跟誉雯是好朋友没错，我说的话她多半会听也没错，但这个忙我帮不了你。你自己做过的事情应该自己承担责任，到现在你还只顾着面子吗？当面请求她的原谅对你就这么难？”

许彦行沮丧地说：“不是，我昨天去找过夏誉雯，但是她还是不接受我的道歉。”

“那你都跟她说了些什么？”

许彦行愧疚地说：“我跟她说抱歉，没有顾虑到她的感受什么的……”

看到许彦行脸上的愧疚，林瞳不再那么生气，问道：“那你把真实原因告诉她了吗？”

许彦行支吾着：“我……”

林瞳无奈地说："我看誉雯是真的生气了，她平时脾气很好的。你一直不说出你的真实原因，不管怎么道歉也是没有用的，因为我们都看不到你的诚意。我现在一时也想不出什么好法子来帮你。"

一阵汽车喇叭声响起。林瞳下意识看过去，许彦行也转过头看到了坐在车里的夏誉希，两个人充满敌意地对视着。林瞳转向许彦行说："我有个广告要拍，赶时间……所以，誉雯的事你自己再想想办法吧。"

夏誉希帅气地走下车，很绅士地帮林瞳打开车门，然后自己上车发动了引擎。就在林瞳准备系安全带时，夏誉希抢过去要帮林瞳系，林瞳说："我自己来弄。"

夏誉希笑着说："我就爱帮别人系安全带。"然后，他又瞄了一眼车外的许彦行说："林瞳，你难道没听说过吗？如果坐在驾驶座的人帮副驾驶座的人系 21314 次安全带，他这辈子就能捆住那个人的心。"

林瞳笑着说："这又是你自己编出来糊弄女孩子的吧。得啦，快开车吧，要迟到了。"

夏誉希兴奋地说："好，出发！"

林瞳透过后视镜看到许彦行一动不动地站在原地，那么孤独。林瞳忽然觉得自己的心好像被刺痛了，不知道从什么时候开始，许彦行，他就像一根小刺扎进了自己的心里，只要不经意地碰到，就会痛。而尽管如此，却又无法也不愿拔出……

午后，清风徐徐，和煦的阳光洒在庭院里。夏杰仰靠在庭院的藤椅上，若有所思地喝着红茶。

“爸，你找我？”

夏杰放下茶杯，看向夏誉雯，说：“嗯，誉雯，来，坐。”

夏誉雯从旁边搬来一把椅子，在夏杰身边坐下。夏杰关切地问：“保姆阿姨告诉我，她前几天经过你房间的时候好像听到你在哭，有没有这回事？”

夏誉雯默然地点了点头。

夏杰又说：“之前我找彦行那孩子谈过一次你的事，他对于发布会上的事很内疚，态度也很诚恳。所以我想你们年轻人的事就由着你们去，没插手管。后来接二连三地又出了一些不好的事情，彦行的绯闻照片、严彻在发布会的发言……爸爸都有点摸不着头脑了，更何况你是个傻丫头。彦行他后来有没有找你聊过？”

夏誉雯点点头，说：“学长找过我，昨天他来跟我道歉，可我还没做好心理准备，所以……”

“嗯，我也觉得这阵子彦行太反常了。他之前在发布会承认你们的恋爱关系，现在又来向你道歉。如果我猜得没错，这其中啊……一定有什么原因。我一直认为彦行是个聪明懂事的孩子，我想我应该不会看错人。”

夏誉雯也说：“爸，你阅人无数，这方面经验肯定比我多，我也相信你的眼光。再说你的分析也有些道理。也许他那样做有他的苦衷吧。”

夏杰慈爱地摸了摸夏誉雯的头，说：“誉雯，记住，以后有什么事别一个人闷在心里，跟爸爸说，爸爸和你一起分担啊。”

夏誉雯眼角有些湿润了，没有说话，抿着嘴点点头。夏杰轻轻捏了捏夏誉雯的鼻子：“傻丫头，下次在哪个角落哭鼻子可别被我逮到啦。”

“嘿嘿……嗯。”夏誉雯又破涕为笑。这沁甜纯美的笑容，能够帮她换来梦寐以求的幸福吗？

“你怎么会在我家？”林瞳拍完广告刚一回到家，却看到许彦行正跟自己的爸妈相谈甚欢，不免有些异样的感觉。

林柯梦伸出一根手指头放在嘴上，小声地说：“嘘，这是秘密。”说完朝于丹青使了个眼色，于丹青会心地笑了笑。许彦行则在一旁摊开双手耸了耸肩。

林瞳懒得理会他们，就想先回卧室，许彦行连忙站起来拦住她说：“林瞳，我来的目的还是那个。”

“还是那句话，这个忙我恐怕帮不了。”林瞳很干脆地拒绝了。

“我是真心想求得她的原谅，你就帮我这次吧。”许彦行真诚地说。

林瞳看着许彦行诚挚的眼神，有些犹豫。这时林柯梦赶紧替许彦行说好话：“小瞳，你还考虑什么，你看彦行多么实诚，俗话说，赠人玫瑰，手有余香……”

林瞳见父亲又要开始长篇大论的说教，赶忙接茬：“好好好，爸，我知道了。那好吧，过几天是我的生日，把大家都叫过来……"

"明白！"许彦行终于露出了久违的笑容。

林瞳看到许彦行那孩子般笑容的瞬间，仿佛失了神一般呆住了，反应过来后又赶紧掩饰道："机会给你创造了，就看你自己那天怎么表现了。"

"嗯！谢谢你。我是诚心想向夏誉雯道歉的，希望那天她能原谅我。"

林瞳不敢正视他，只是偏转着头安慰他说："誉雯不是那么小气的人，但前提是你真的诚心想挽回这个好朋友，还有你的好兄弟。"

许彦行收起了笑容，郑重地点了点头。

从林瞳家出来，许彦行行色匆匆拎着几袋水果和营养品走进了一家医院。他推开病房门，看到毫无生气、脸色苍白的许建，被各种管线、仪器环绕着，在心里默默地说："爸爸，你放心，只要有一线希望我都会救你的。"

这时，许建的眼睛微微睁开一丝缝隙，重重地咳嗽了几声，张着嘴气若游丝地说："彦行，我真的……不该回来打扰你们的生活。我就是想见见你……和……咳咳……和你妈说声对不起……"

许彦行叹了口气说："先养病吧，等病好了再说别的，身体要紧。"

许建摇了摇头说："好不了了……我知道你恨我，想跟我吵，甚至想打我。我不想请求你们的原谅，只想见见你……等我走了，记得帮我和你妈说声对不起吧……"

"我会的。"

“我这病……手术是不管用的，你不要为我浪费钱了，咳咳咳咳……”

“钱的事你不用操心，我会办好的。其他的等你病好了我们再说吧。”

许建闭上眼睛，任凭泪水肆意从眼角流出，浸湿了枕头。但不论这泪水如何流淌，都永远无法打动一个人。

“外公这一辈子啊，风风雨雨、沟沟坎坎什么都经历过。将当初的小演出团发展成现在的一家国内知名的娱乐公司，外公心里一直有一个信念，那就是永不服输，在任何事情面前都不服输。在困难面前，你只要稍微一服软，那就会永远没有翻身的机会。”夏普的策划案终稿完成，让舒伯华非常满意，说到动情之处，他又开始教导起许彦行来，“可惜啊，你还年轻，很多事情光靠说你是不会明白的。唉，但你是公司的继承人，将来要带着这个公司继续往前走，你就应该明白，要比其他任何人都更成熟。”

“外公，您放心吧，我心里都明白。”

舒伯华欣慰地点了点头，让他按照方案切实执行。许彦行拿着用于形象宣传的100万元支票，心情无比复杂。他知道，这笔钱是爸爸的救命钱，但自己这样做不仅违反了章程，更会伤了外公的心。可是，血浓于水啊！总不能眼睁睁地看着爸爸就这么离开吧？没有选择的余地了……

几天后，林瞳的生日宴会如期“隆重”举办了。大家围坐在摆满了各式菜肴和一份大号生日蛋糕的桌子旁，共唱《生日快乐》歌，林瞳开心地说：“谢谢大家来给我庆祝生日！大家都是朋友，别的什么就不说了，希望大家每天都开开心心、快快乐乐的。来，干杯！”

一时间觥筹交错，杯中酒霎时就被一饮而尽。林瞳笑着说：“好了，第一杯酒喝完了，现在本寿星开始收礼啦！”

夏誉雯首先递上一份包装精美的礼物，林瞳打开盒子，抱起一只可爱的布娃娃。

“好可爱，谢谢誉雯！”林瞳开心地说。

这时夏誉希迫不及待地献上自己的礼品盒子，笑着说：“我现在极其郑重地宣布，我这份礼物绝对是咱们这些人中最特别的一个。请！”

林瞳打开一看，里面是一支铅笔和一个笔记本，本子上写着四个字——潘安日记。

夏誉希得意地说：“这个日记本是用来记录我们俩之间点点滴滴的，等我们老了好一起翻翻。”

夏誉雯笑着说：“林瞳，这个也可以记录我哥犯下的错。”

林瞳想了想，说：“没错，那就不应该叫潘安日记，应该叫某某门笔录。”

大家都被逗笑了。这时，严彻拿出一个小盒子递给林瞳。说：“林瞳，生日快乐。”

林瞳打开盒子，里面是一块石板，上面刻着“林 tong，生日快乐”

几个字，夏誉雯盯着石板上的字，酸酸地说：“啊……想要。”

林瞳大笑着说：“誉雯，等你生日的时候，你要向严彻要这个，还要不能有拼音的。”

“没错，严彻你要给我没拼音的。”夏誉雯有些撒娇地说。

严彻笑着答应说：“呵呵，好。”

这时，许彦行拿出一个小盒子，递给林瞳说：“生日快乐。”

林瞳拿过盒子，小心翼翼地打开，发现里面也是一支钢笔和一个日记本。

“切，抄袭我的创意。”夏誉希说。

许彦行笑了笑说：“希望林瞳把高兴的事儿都记录下来，如果遇到不高兴的事儿，就看看本子，然后高兴起来。”

气氛变得轻松起来，大家不知不觉都喝多了。这时许彦行晃晃悠悠地站起来，敲了敲桌子，大家都停下来看着他。

“我还有个事儿要向大家说。”

许彦行端起一杯酒敬向夏誉雯，说：“前阵子的事儿大家都知道了，我知道我错了，今天我当着大家的面给誉雯赔礼。对不起，为表诚意，白酒敬上！”

夏誉雯看着许彦行，另一只手去摸酒杯，但总是摸不到。林瞳赶紧递给夏誉雯一杯酒，夏誉雯对准许彦行的酒杯碰了一下，说：“这次就过去啦，下不为例啊，干！”

许彦行拍着胸脯答应道：“好的，保证下不为例。以后有事儿找我，保证帮你办，而且比你哥合格。”说罢将杯中的酒一饮而尽。

“切！”夏誉希嗤之以鼻。

许彦行又倒了一杯白酒敬向严彻说：“真心话不好说，不好听，但有用。严彻，好哥们，脾气直，不过这次直得对，把我及时从罪恶的边缘拉了回来，哥们儿得谢谢你。真的，真的谢谢你！”

“知道错了就好，喝了这杯，就算都过去了。”严彻看他是真的反省了，便豪爽地说。

许彦行说：“好吧，干了吧都，都是一杯酒的事儿。来，大家一起干了，让不快乐都过去，都滚得远远的！”说完身子一斜，醉倒在地。

第十一章

第二天下午，许彦行头疼欲裂。他从床上爬起来，看了看挂钟上的时间，匆匆用冷水洗了把脸就拎着一袋东西出门了。刚到医院门口，却发现林瞳在不远处朝自己招手，许彦行迟疑了一下走过去问："你在这儿做什么呢？不会是来应聘护士的吧？"

"等你呢。"林瞳神态很从容。

"等我？你说话可真够损的啊，盼我进医院，是不是？"许彦行开玩笑地说。

林瞳从兜里掏出一张打印的纸条，许彦行一看那纸条立刻下意识地摸了摸自己的口袋，然后迅速把林瞳拉到一边问："怎么会在你那儿？”

林瞳有些无奈地说：“昨天你喝多了，它不知什么时候从你的口袋里掉了出来，我就捡到啦。本来想还给你，结果你说我生日请客，就把这个当钱一次又一次给我，我还以为是支票呢，结果一看不是，是医院的……”

“那你去过病房了吗？”许彦行着急地问。

“没啊，我看上面写着你今天要来探视，就来这儿等你。给你打过电话，你手机关机。”

“你没告诉我妈吧？”

“没有啊，为什么不能跟舒阿姨说啊？”

许彦行没有回答，只是带着她来到许建的病房。他发现父亲很安静地在睡觉，就问了问医生，原来父亲因为突然情绪激动，所以给他打了一针镇静剂。

从许建病房出来后，许彦行埋着头缓慢地在医院走廊上踱着步，脑海里回想着刘医生的话：“你父亲的病，已经确诊为心力衰竭，它是各种心脏病的严重阶段，5 年内的存活率与恶性肿瘤相似。虽然现在医学很发达，近年来我国的心脏移植手术数量有所增加，质量也有了很大提高，但是，这种手术费用很高，得好几十万，而且具体操作还要看患者的身体情况和精神状态怎么样才好作判断……”

林瞳安静地陪着情绪低落的许彦行，直到出了医院。

“问你哦，他真是你爸啊？”

许彦行看了看林瞳说："我真希望他不是，当年他那么决绝地抛弃我们一声不响就走了，二十年没有音讯，现在又突然这副样子回来……对了，千万不要告诉我妈，她这么多年受的苦够多了，我不想再让人打扰她的生活。"许彦行说。

"我觉得你还是应该告诉你妈，毕竟他们夫妻一场……"林瞳直直地看着许彦行，没想到作为MJ继承人的他成长经历却是这么令人心酸。不过她犹豫了一下，还是说出了自己的想法。虽然她并不很清楚这其中的故事，但她从许彦行的眼中读出了那份刻骨铭心的哀伤。

"不行！他害我妈害得够惨的了，我妈刚把他忘干净，你还要……"许彦行听后很生气，但很快又冷静了下来，"不好意思啊，我不该对你发火……"

林瞳轻松地笑了笑说："没事儿，走吧。"说罢轻轻抓住了他的胳膊。

虽然还不是亲密地挽着，但许彦行已经觉得这是最近一段时间来难得的幸福了。

夏杰在跟女儿聊过之后，虽然知道了孩子们已经重修旧好，但还是觉得有必要去看望一下舒伯华，顺便也可以为将来的合作事宜交换交换意见，可没想到舒伯华压根儿就没有谈公事的心情，还一定要自己留下来吃晚饭。原来舒伯华不但想看到两家的后辈们能喜结连理，还希望长辈也能做出一点表率，再续前缘。"夏杰呀，公司里面你还要多关照婉莹一些，她要有什么不懂不会的，你就替我多帮帮她，她毕竟做得少，还要跟你多学习啊。”

夏杰客气地说：“互相关照互相关照，婉莹的很多想法都是我不能比的，比如我们上次的那个方案，婉莹的贡献就很大。”

舒婉莹礼节性地笑了笑，这个时候她的手机突然响了起来，翻开一看是个陌生的号码，接通电话后，那边也迟迟没有声音。舒婉莹谨慎地问：“你是哪位？”

还是没有回应，舒婉莹只好挂断了电话。可不知为什么，舒婉莹收起手机后，老觉得心里头沉沉的，似乎有什么不好的事情要发生……

吃过饭，送走了夏杰之后，舒婉莹回到自己的卧室，坐在梳妆台前发呆，随后她的目光落在了放在梳妆台的手机上。她马上拿起手机，翻出那个陌生号码，按下呼叫键。电话那头传来“嘟——嘟——”等待接通的声音，响了几声后，那边却直接将电话给挂断了。舒婉莹不死心，继续拨打，但听到的却是“您拨打的电话已关机”。

病房里，许建端详着手机上舒婉莹的未接来电，心里说不出的难过。二十年了，婉莹一定过得很不容易吧……好想再听听她的声音，见见她的样子啊！哪怕只有一次也好，这样就算是自己死了，也不会再有什么遗憾。可是，手指却颤抖着就是无法按下那个接听键，怕自己会控制不住情绪，失声叫出婉莹的名字。自己已经害了她二十年啊……儿子说得对，不能再自私地去打扰她现在的生活。

许建正在胡思乱想着，忽然门开了，他怕是儿子来了，赶紧将手机藏到枕头下。一个护士轻轻地走到病床前，拿出一支体温计俯下身亲切地问："许先生，您今天感觉怎么样？"

许建接过体温计，放入衣服里面，语气微弱："还是吃不了东西，肚子胀得难受。"

护士点点头说："医生今天就会给您定手术时间了，希望您能快些好起来。"

许建不想因为自己的事，再去给他们母子增加什么压力了，他看得出来，儿子为筹钱的事很为难，便无力地摇摇头说："已经是这样了，无所谓的，我知道手术也救不了我，只会浪费钱。"

"您不想争取继续活下去的机会吗？"

许建喃喃道："活着，更痛苦……"

等护士出了病房，许建悄悄地从枕头底下摸出一张照片，那是曾经无比幸福的一家三口的合影，小彦行在许建和舒婉莹的怀抱里笑得天真无邪。许建久久地凝视着这张全家福，然后将它重重地压在胸口，泪流满面："对不起，对不起，对不起……"

林瞳坐在一间布置得清雅温馨的咖啡馆的靠窗的座位上，安静地翻阅着一本书，明媚的阳光照在她脸上，仿佛蒙上了一层泛着金色光芒的面纱。从窗外经过的许彦行，看到如女神一般的林瞳金光乍现在眼前，双腿动弹不得，站在原地静静地观赏。忽然，林瞳抬起头来，看到傻傻地站在窗外的许彦行，微笑着冲他挥了挥手，许彦行回过神不大自然地笑了笑，重又朝咖啡馆门口走去。

"不好意思，等很久了吗？"

林瞳晃了晃手中的书说："还好，有它。"

许彦行抱歉地笑了笑，问道："对了，这么急找我什么事？"

林瞳从包里拿出一个信封放到桌上，推给许彦行。

"这是什么？"许彦行拿起信封看了看。

"这是我上次拍的那支广告赚的钱，先借给你。你爸爸做手术肯定需要一笔费用，吉他吧最近生意又不怎么好，一下子也凑不出那么多钱，我这里虽然数目不多，你别嫌弃。"林瞳诚恳地说。

许彦行听了断然拒绝道："我不会向女孩子借钱的。"

林瞳爽快地说："你平时可不是这么婆婆妈妈的啊，我现在反正也没有要急着用钱的地方，再说，你以前不也帮过我吗？"

见许彦行还想拒绝，林瞳打断他说："现在你爸爸需要救命钱，你难道还要顾全所谓的面子吗？"

许彦行想了想，这也是林瞳的心意，而且不能告诉她自己动用了公司的宣传经费，便感激地说："嗯，你说得对。好吧，我先收下这钱，之后一定会尽快还你的，谢谢了！"

"唉，夏誉希，上次听你唱歌感觉还不错，要不，你再上去试试？"严彻又重新回到了吉他吧，在唱完一首复出主打歌之后，现场欢呼声叫好声不绝于耳，心情不错的他为了充分调动气氛，就先向夏誉希"下手"了。

"可倒是可以，但一个人上去唱没什么意思，我想找个搭档一起上去，但不知道那个人肯不肯赏脸。”夏誉希说完斜眼看着许彦行，严彻和林瞳也转向许彦行。其实夏誉希心里很清楚，这个“对手”是值得自己去尊重的，尤其是在唱歌方面。

“你们都看着我干吗？”许彦行跟他们大眼瞪小眼，装作没听到。

严彻将手搭上许彦行的肩膀朝夏誉希那边扬了扬头说：“那小子的意图很明显啊。”

林瞳也说：“许彦行，你就跟他一起上去得了，我和严彻在下面给你们加油打气。”

既然林瞳也发话了，许彦行也不好再推辞什么：“那就上去吧。”

拿到了爸爸的手术费，许彦行的心里也平静了许多，他明白揭开真相的那一天迎接自己的必然是狂风暴雨，反而不感到恐惧了。

夏誉希没想到许彦行这么爽快就答应，有些惊讶：“还没选好曲目呢。”

许彦行说：“我心里已经有数了，Timbaland的《Apologize》，怎么样？”

“我没问题！”

台下响起了口哨声，严彻和林瞳相视而笑。夏誉希和许彦行上台后先凑近互相商量了一下后，许彦行冲DJ所在的位置打了个OK的手势，音乐声响起。两人嗓音一张一弛，配合得默契十足，台下观众听得如痴如醉，临近副歌部分时现场的气氛也达到高潮，不少顾客情不自禁地站了起来跟着他们一起唱……

严彻和林瞳惊喜地看着台上的许彦行和夏誉希，林瞳由衷地感叹道：“没想到他们两人头一次配合竟然这么天衣无缝！”

严彻也点点头：“嗯，上次他们俩是分别唱的，只觉得都不错，今天同台演唱，确实有些震撼，配合得很好，而且之前都没有排练过，看来两个人在音乐方面的悟性都很强啊。”

林瞳突然间想到了什么：“对了！你、许彦行还有夏誉希三个人组成一个校园歌唱组合怎么样？”

严彻听了她的建议，顿时眼前一亮：“嗯……似乎很不错哦。”

林瞳继续说：“你看你们三个在唱歌方面各有优势，而且你们喜欢的音乐风格也差不多，组成组合是很有发展潜力的。”

等到许彦行和夏誉希在具有爆炸性的欢呼声中走下台，林瞳马上和他们说了这个建议，谁知他们两个马上异口同声：“不可能！”

林瞳不解地问：“怎么……你们刚在台上不是挺有默契的吗？”

“台上装默契那是为了观众，台下就没必要继续勉强了。”

“对，我们不可能一起合作。”两个人的态度出奇地一致。

严彻不死心地问：“一点可能也没有吗？”

许彦行和夏誉希再次异口同声：“没有！”

林瞳嘀咕道：“还真有默契！”

舒婉莹局促不安地坐在沙发上，看到许彦行心情不错地回到家里，就慈爱地让他坐下，给他倒了一杯茶过来，关心地问：“累了吧？”

许彦行点点头，几大口就把杯子里的茶喝光了。舒婉莹心疼地说："去洗个澡，早点休息吧。"

许彦行二话不说，把外套扔在沙发上就去洗澡了。这时，许彦行外套里的手机震动起来。舒婉莹拿出手机，发现来电显示的号码正是上次的那个陌生号码，舒婉莹正犹豫着要不要接听，电话已经停止了震动。舒婉莹看了看浴室的方向，想了想，突然预感这个电话可能和自己有关，她心里不确定地跳出了那个人的名字，犹豫了一下，回拨了过去。

她小心翼翼地将手机贴近耳朵，没有说话，电话那头传来一个男人虚弱的声音："彦行。"

舒婉莹顿时呆住，虽然这么多年过去了，但她仍然记得并立刻听出了这个声音。真的是他……原来他已经跟彦行联系上了，为什么彦行一直没有告诉自己？为什么他的声音会虚弱成这样？到底发生了什么事？舒婉莹呆呆地拿着手机，一句话也说不出。盼望得太久了也会累，这个时候再出现又有什么用呢？都已经无力去爱了。

电话那边的语气变得焦急起来："彦行，怎么了？"

舒婉莹仍然没有说话，她眼睛有些红了。这些年，他一定过得很不容易吧。

许建有些伤心地说："你……还是不愿和我多说话……没关系，我不会有任何怨言，是我不配当你的父亲，是我对不起你……"

尽管已经听出了许建的声音，但当听到许建亲口承认自己的身份后，舒婉莹还是忍不住激动地哭出声来，可是她怕许建听到自己的声音，又赶紧用手捂住嘴。但许建好像还是听到了她的声音，马上挂断了电话。舒婉莹呆呆地对着话筒，喃喃地叫着许建的名字，却再也没有回应。

二十年了……为什么他不肯来找自己？为什么彦行也不肯告诉自己？她真想现在就去问彦行，让儿子把知道的一切都告诉她，然后再去问许建，问他当年为什么要离开自己。可是，就算问了又能怎么样呢？舒婉莹默默地擦干眼泪，把手机放回外套的口袋里，拖着沉重的步子，回自己房间去了。

第十二章

有些事情也许就像多年前所注定的那样，永远也无法挽回了。

第二天，许彦行像往常一样在学校上课，忽然接到刘医生的电话，许建的病情急速恶化了，而且完全没有求生的意志。许彦行不等下课立即心急火燎地冲出了教室。他刚到医院，就碰见刘医生一脸严肃、声音低沉地对自己说："许先生，你来了……"

许彦行心里陡然涌出一种不好的预感，"难道爸爸他……"

"对不起，我们已经尽全力了，病人本来身体就十分虚弱，再加上情绪严重波动……"

许彦行不等刘医生说完，双腿似乎有意识似的往许建的病房奔过去。

走廊通道怎么这么长，光线怎么这么暗……他胡思乱想地一脚高一脚低地跑，突然在病房门口猛地停住，然后拖着沉重的步子慢慢走到许建病床前，迟疑了一下，伸出手慢慢揭开盖在许建头上的白布……许彦行就这么呆呆地看着，嘴巴微微张了张，用微弱得几乎听不到的声音喊了一声："爸……"

没有人回应，也永远不会再有人回应了。曾经以为自己很恨他，曾经不想跟他说话，哪怕一句，然而此时此刻，许彦行愿意付出任何代价，来换取父亲能再睁眼呼唤自己一回……

一杯接一杯。许彦行失魂落魄地回到吉他吧，一句话也不说，只是不停喝酒。

林瞳看到他，走了过来。许彦行本想跟她打声招呼，却只感觉有块石头重重地压在了心上，嗓子发哑，透不过气来，于是干脆把瓶子里的酒一饮而尽。

林瞳感觉到了什么，试探着问道："是不是……你爸爸的病……"

许彦行看了看她，点点头，继续喝酒。

"他走了，刚走。"过了好一会儿，许彦行才终于开口说出了这几个字。

林瞳呆住了，半晌说不出话，也不知道能说些什么，只好尽量安慰他："你不要太难过了，看叔叔在病床上痛苦的样子，走了对他来说可能也是一种解脱吧，不用再受病痛的折磨了，他在天堂应该会很幸福的。"

许彦行抬头看了看林瞳，旋即又低下头说："他不在的这些年，我对他的印象非常模糊。后来他回来了，我试图让他在我面前的印象清晰起来，但还是非常模糊。在去医院的路上，我还一直以为印象模糊是因为我不需要他，我恨他。到了医院，看见他冷冰冰地躺在那里，我才知道，印象模糊是因为我太需要他了。这些年，我照顾我妈，顺着我外公，我一直以为那是我应该做的，那是我的责任。直到看到他冷冰冰地躺在医院的床上，我才明白，我那是一直在学他。我一直在心里暗示自己，如果父亲在的话，他会怎样照顾我妈，他会怎样顺着我外公……"说着说着，他的眼睛就开始湿润了，简直是在强忍住马上要夺眶而出的泪水。

林瞳爱怜地看着他，轻声说："彦行，这些都过去了。你之前和现在所做的一切，叔叔都会知道的，他会安心的。"

许彦行突然情绪激动地说："他当然会安心！当初我妈需要他，他离开了。现在我需要他，他又走了！"

林瞳赶紧劝他："彦行，你别激动。人都有这么一天，这个是由不得自己控制的。"

许彦行终于忍不住流下泪来："我现在不想控制，我已经控制了这么多年了……包括他出现以后，我也一直在控制自己，我告诉自己，我才是这个家里的男人，我要撑起这个家……他就是一个符号，一个我想到就有、想不到就没有的符号……我不管他当初什么原因离开妈妈，无论什么原因，结果都是他离开了……"

“彦行，别太伤心了，我们现在需要想的是以后怎么办。叔叔走了，他的后事该怎么处理？你这样激动发泄一下也好，但我们还要考虑以后啊。”

听了林瞳的话，许彦行情绪稍微有点缓和了：“不要告诉我妈，一定不要告诉她。我不想因为这个事儿影响到她现在的生活。这么多年，我妈一直不容易，她应该享受现在的生活，不应该再被打扰。”

林瞳想了想，对许彦行说：“彦行，你的心情我能理解，但阿姨的心情你能理解吗？当年叔叔和阿姨之间的事儿你知道，但现在叔叔不在了，你需要给阿姨一个答复。她究竟想不想最后见一下叔叔，我觉得这个应该由阿姨自己决定。”

许彦行非常激动地说：“不行，别的事儿你可以不听我的，但这个你一定要听，行吗，林瞳？”

林瞳看他情绪又激动起来，赶紧答应着：“嗯，行……”

一周后，林瞳陪许彦行来到许建的墓碑前，献上了花束。许彦行盯着许建的照片，久久没有说话，林瞳站在一边也不打扰他，只是静静地看着他，等他。

“当年他离开我们的时候，我还不到三岁。”许彦行终于开口了，“他说他很快就会回来，还问我要不要小鸭子玩具。他说他很快就会回来，可我和妈妈足足等了三个月也没有他的任何音信。有人说他出车祸死了，有人说他在外面杀了人，怕被抓住，不敢回来。妈妈不信这些，一直等……一直等到我们都没钱吃饭了，妈妈才从邻居那借了几块钱路费，带着我回了外公家……他就这样抛弃了我们。我曾经想过跟他重逢时的很多种场景，想着见了面到底要跟他说些什么，带着怎样的表情去质问他为什么抛弃我们，去指责他的无情……或者干脆对他不理不睬，装作从来不在乎他是否会出现……当他真正出现在我面前时，我发现自己根本无法保持冷静……”

“彦行，你想这些说这些，只能说明你还没有完全原谅叔叔，你需要他的一个道歉，对你的，也是对阿姨的。也许叔叔已经道过歉了，但你还没有完全接受这种道歉，还没有找到原谅他的理由。现在他走了，你也应该原谅他了，原谅他以前做过的一切。我想如果阿姨知道了，也会原谅他的。”

许彦行闭上眼睛说：“即使我原谅他，我妈妈也不会的，她的心早就凉透了。”

他不再说话，只是静静地看着墓碑，沉浸在遥远而痛苦的回忆中，神情忧伤。林曈悄悄走开，掏出手机拨通了舒婉莹的电话。

而这个时候舒婉莹正在公司里开会，当接到林曈的电话得知许建去世的消息后，眼泪便忍不住喷涌而出。这么多年了，恨过他，怨过他，却从不曾忘记他。那天在电话听到他的声音，本以为还会有机会相见，还会有机会听他解释当年为什么会那么绝情，可是……天意弄人，就连这样的机会都没有了，甚至连最后一面都见不到了，他就用这样决绝的方式永远离开了自己。早知道是这样，自己那天就应该打电话回去问他在哪。早知道是这样，自己就应该问清楚彦行这到底是怎么一回事。早知道……

舒婉莹再也克制不住内心的情绪，只想马上赶去许建墓前。她走进会议室，来到舒伯华身边，向他耳语道："我想请个假。"

舒伯华转头看看女儿，她的眼眶微红，好像是刚刚哭过，有些不满地说："有什么事比公司一个月一次的例会还重要？"

舒婉莹一反常态很坚持地说："我有个朋友去世了。"

朋友？这些年舒婉莹一直深居简出，哪有什么朋友？而且有什么朋友能让她哭成这样？舒伯华脑海里瞬间浮现出一个名字，于是追问那个朋友到底是谁，舒婉莹却只是草草敷衍："您不认识。"

舒伯华起身把舒婉莹带到了自己的办公室，深深地坐进沙发里，不无激动地问："你周围有哪个人是我不认识的？婉莹，跟爸爸说说吧，到底什么事？"

舒婉莹心里如乱流激荡，她不知道能不能说，也不知道该怎么说，她知道舒伯华一向讨厌许建，如果让他知道自己因为许建的死而伤心，是绝对不会让自己去的。

舒伯华追问道："你从来不善于掩饰，也不会说谎，回答我，那个人到底是谁？"

"许建。"舒婉莹一看瞒不过爸爸，就低声坦白了，反正人都已经去了……可是刚说完心里又是一痛，从今以后，存在的就只是这个名字了啊。那个人，真的再也回不来了……

"许建？真的是他？他死了？"舒伯华确证了自己的猜想后仍不免

惊讶。

舒婉莹点点头。

“你是怎么知道的？”舒伯华很纳闷，难道女儿跟他早就联系上了？

“刚才有人打电话告诉我的。”

舒伯华怀疑地问：“他什么时候回来的？你们是不是一直有联系？”

舒婉莹却说：“我什么都不知道，我根本不知道他回来了。”

一想到这个人，舒伯华的情绪就开始失控，就是这个人，让自己一向乖巧听话的女儿背叛了自己，受了这么多苦，现在他都已经死了，还要让女儿因为他跟自己反抗。想到这，舒伯华坚定地说：“我不许你去！”

“爸，这次我不能听您的。”舒婉莹同样坚定地说。

舒伯华一听就火了：“你什么时候听过我的了？二十年前你要是肯听我的话，现在就不是这个样子了！”

“对不起，爸。”舒婉莹语气依然很坚定，“我一定要去看看。”

“你要搞清楚自己现在的处境，去悼念一个抛弃过你的人，说出去还不被人笑话？别人会怎么想我舒伯华的女儿？还有，夏杰知道了会怎么看你？”

一听父亲又把自己跟夏杰扯在一起，舒婉莹不满地说：“怎么扯到夏杰身上去了？爸，这是我自己的事情，我知道怎么处理，也会处理好的，我先走了。”

舒伯华不可置信地看着女儿离去的身影，重重地靠在沙发上，气不打一处来。

林瞳不时望着墓园的门口，希望舒阿姨可以快一点来，因为许彦行的心结，只有他的妈妈可以解开。许彦行看着远方，自顾自地继续说着：“我和妈妈每天去邻居王阿姨家等我爸的电话，一个星期过去了，一个月过去了……他始终没有打过来。”

林瞳又转过头看看许彦行。他有一张完美的侧脸，此时忧郁的神情让林瞳忍不住想要伸手去轻轻抚慰。

“当时妈妈总是哄我说，爸爸肯定很想打电话给我们的，但鼹鼠叔叔家的电话坏了……我当时相信了。”

“那后来呢？”看着平时那么坚强的许彦行此刻脆弱得像一个孩子，林瞳心里充满了怜爱，如果可以，将他拥入怀中，给他温暖，如果……

“有一次从王阿姨家回来后，我撞见妈妈躲在厨房里哭，我当时并不明白到底发生了什么，但我再也没有问过妈妈关于爸爸什么时候回来的事了。”

舒婉莹已经悄悄来到了许彦行的身后，他没有注意到，依然自言自语：“爸爸，你是一个不负责任的人，一个不懂得什么叫责任的人，一个不懂得承担的人……”

“彦行……你妈妈来了。”林瞳为了顾及舒婉莹的感受，想阻止他继续说下去。

谁知许彦行回头看了看母亲，又看了看林瞳，继续说：“一个遇事就逃跑的人……”

听到这里，舒婉莹忍不住大声斥责他："彦行，他是你爸啊！现在他人都没了，你怎么能这么说他？"

许彦行却依旧在说："一个不该回来却回来的人……"

"够啦，彦行！现在说这些有什么用？"

许彦行也大声地说："就是现在我才更要说他！我本来想说他来着，他不给我时间说他就走啦！"

舒婉莹伤心地说："彦行，你怎么这么跟妈妈说话……"

林瞳拉了拉许彦行的衣服："彦行，你冷静点。"

"我怎么冷静？我怎么冷静？！他连让我责怪他的机会都没给……"

三个人都不再说话，时间仿佛凝固了一般。突然，许彦行一把抱住妈妈，放声大哭起来，舒婉莹也抑制不住地痛哭流涕。二十年了，一家人终于"相聚"了，却是以这种方式，天人两隔，无法相拥。从今以后，谁欠了谁，谁负了谁，都已不再重要了，曾经相守过，曾经珍爱过，足够了。不管恨有多久，多重，其实我们最需要的，铭记最深的，还是爱。

母子俩从墓园回到家，舒伯华正脸色铁青地坐在沙发上喝茶。许彦行知道他肯定生气了，就主动过去打招呼，舒伯华没有搭理。舒婉莹见状也走过去叫了一声"爸"，谁知舒伯华声色俱厉地说："你还当我是你爸啊？你们翅膀都硬了，是不是？我说的话你们都当放屁，是不是？彦行，我问你，许建他是不是早就回来了？"

许彦行点点头。

“那你怎么不早告诉我？我是你外公！”

许彦行低着头没有说话。又能说什么呢？

舒婉莹解释道：“爸，是怕您生气就没……”

“怕我生气？你怕谁啊？你就是想气死我。今天我不让你去，你不是照样去了？那个不负责任的男人，值得你去看吗？”

许彦行见外公朝妈妈发火，赶紧替妈妈开脱：“不管怎么说，他是我爸爸，他死了，妈妈去看看也是情理之中的。”

舒伯华更加生气了：“你妈和你爸从一开始就是错。婉莹，你记住我现在说的话，夏杰对你来说才是最好的选择，二十年前是，现在仍然是！你今天不顾以前的耻辱，跑去许建的墓地，不知道的人以为你心里还想着那个负心汉！”

许彦行看外公又把事情扯到夏杰身上，索性把真相全盘托出：“外公，我妈今天才知道我爸回来的事，是我托朋友打电话告诉她的。”

舒伯华先是震惊，接着便愤怒地说：“你……你给我好好解释清楚！”

许彦行镇静地说：“我爸回来有一段时间了，我早就知道了，但我没告诉我妈，因为怕她担心。他患了心力衰竭，前些天我取出公司活动的预付资金就是为了给他做手术。”

舒伯华伸出颤抖的手指着许彦行说：“你……你……居然还拿我的钱去给那个人……”话没说完，猛然间身子一软，倒在了沙发上。

许彦行和舒婉莹吓坏了，赶忙将他送去医院。在医生及时抢救之下，舒伯华总算暂时脱离了生命危险。医生说由于病人情绪过于激动，才会突发心脏病，现在刚刚平静下来，病情还不太稳定，千万不能再让他的情绪有任何波动了。

许彦行很后悔，万一外公再出什么事的话，自己真不知道该怎么办。

舒伯华醒过来之后，仍然闭着眼睛躺在病床上。许彦行跟着妈妈轻轻推门进去，走到床边，轻轻地叫了一声："外公。"

舒伯华点了下头。舒婉莹给他倒了一杯水，舒伯华摇了摇头。这时，林瞳的短信到了，问许彦行他外公在哪间病房。许彦行对舒伯华说："外公，和我一起做夏普策划的那个女孩子要过来看看您，我去接她。"

舒伯华让女儿把床摇起来一点，自己整了整衣服的领子，又理顺了下头发。不一会儿，许彦行就手提水果篮领着林瞳进了病房。林瞳先跟舒婉莹点头微笑了下，然后亲切地向舒伯华问候道："舒爷爷，您好点了吧？"

舒伯华在客人面前不想表现出虚弱的样子，就强打精神说："呵呵，好点啦，老啦，身体就这样。"

林瞳想哄他开心，就说："舒爷爷，您要照顾好身体，我们做策划的时候，彦行还拿了很多您原来做过的策划案，给我作参考，您可是彦行的精神支柱啊。"

舒伯华马上高兴地说："哈哈，那些都是很久以前的案子了，已经过时了。"

林曈敬重地说："不会不会，思路非常清晰、明朗，不像现在的很多策划案，一看上去就很浮躁，急功近利的东西太多。"

舒伯华听她这么说，非常高兴："你说得很有见地啊。彦行，你要向她好好学习啦。"

许彦行见外公心情好，心里也安稳多了，赶紧说："嗯，外公，我跟她学了很多。"

这时护士走进来请舒伯华吃药，林曈便就势借故离开，舒伯华叫许彦行去送送她。虽然只是第一次见面，舒伯华却很喜欢林曈，聪明伶俐，又乖巧懂事。

出了医院，许彦行回想起此前与林曈一起经历的种种，他再也无法强迫自己沉住气了。

"如果现在不做的话，以后也许就再也没有机会了，就算因此被讨厌、被否定也无所谓，不管了！豁出去了！林曈，我爱你！"抱着这样"视死如归"的信念，许彦行鼓起勇气拉起了林曈的手。

林曈那俊俏的脸蛋倏地一红。她没有挣脱，而是自然而然地依偎着许彦行。他们似乎已经在共同渡过这些难关时逐渐确定了自己的心意，默许了对方在自己心目中的位置。林曈也不再犹豫和彷徨，之前的种种不快和误会就像是命运调皮的铺垫，她清楚地听见了自己内心真实的声音：

"想和他在一起，喜欢他……"

许彦行无限温柔地看着林曈说："呵呵，看不出来啊，你溜须拍马的功夫还真强，几句话就把我外公哄得高高兴兴的。”

林瞳娇嗔地笑笑说：“呵呵，我那叫因地制宜，再说啦，你外公的策划能力本来就很强啊，你不服啊？”

许彦行装出撒娇的样子逗她说：“唉，什么时候你也能跟我说句那样的话啊？”

林瞳觉得他现在就像个小孩子：“你要是做了让我敬佩的事儿，我当然会说啦。对了，店里选我去总部培训，明天就去，你就不用送我了。”

“别啊，这样一次机会也不给我？”

“行啦，反正也没出省跨市的。我自己坐地铁去就得了。你还是好好照顾你外公吧，多顺着他别再气他了。”

许彦行拉住林瞳的另一只手，看着她美丽的大眼睛说：“我现在仍然十分强烈地想去送你，还有没有缓和的余地？”

“没有，立即执行。”

“是！”许彦行调皮地敬了一个军礼。

林瞳从夏普总部培训完后，马上又回到了吉他吧上班。

“有一阵儿没看到你了。”林瞳早早地进入排练室清理卫生，却碰到了比她更早的严彻。

严彻边给吉他调音边解释说：“哦，是这样的，我代表学校去外地参加一个跆拳道的交流活动。”

“哦，难怪来吉他吧也没看到你。”

严彻问：“我来的时候问了托尼，他说彦行这段时间心情不太好，是不是出了什么事儿？我在外地打他手机，每次都无人接听。你知道些什么吗？”

林瞳迟疑了一下，说：“嗯，许彦行的爸爸前阵子在医院病逝了……”

严彻顿时一惊：“彦行的爸爸？原来是这样……不过，彦行很少提他爸的事。”

“这就是他一直瞒着我们的原因。他承认与夏誉雯的恋爱关系其实是想弄到钱给他爸治病。”林瞳把许彦行告诉她的整件事的来龙去脉又都给严彻讲了一下。

严彻急切地说：“你怎么不早说啊？”

林瞳摇了摇头，叹了口气：“我也是后来才知道的。他一个人默默地承受着一切，连他妈妈他也瞒着。”

林瞳又把许彦行外公因此住院，不肯原谅许彦行的事也告诉了他。严彻听到这里，开始忧心忡忡地思索着，突然站起身把吉他放到一边，跟林瞳匆匆作别之后就离开了吉他吧。

第二天清晨，风和日丽，许彦行在床上慢慢睁开眼睛。“真是太久没有睡得这么舒服了……”自从那次“具有划时代意义的牵手事件”（许彦行语）之后，两人的恋情迅速升温。

他从床头拿过手机打开，看着屏幕上林瞳的笑脸，不自觉地就笑了起来，接着又看了看时间，然后拨通了林瞳的号码……

“优秀员工同学，这两天培训得怎么样啊？”许彦行夹起一块嫩肉送到林瞳嘴边问。

在这家格调清雅的餐厅里共进浪漫午餐，林瞳很是享受，她一口接住许彦行献的“殷勤”，边吃边说：“还不错，夏普的企业文化和最新机型的解析课我都挺感兴趣的。”

“哟，看来我们未来的店长很快就要出师啦，我可不能马虎，得赶紧追上你。”

“呵呵，你今天不是来追我了吗？”

“呵呵，是啊，来追你等着你说那几句我爱听的话。”

“你啊……哦，对了，我去了总部培训才知道 Alan 是我们新机型的代言人呢。”林瞳兴奋地说。

许彦行表情呆滞地摇摇头，林瞳不管他，继续饶有兴致地说：“她啊，是我一直很欣赏的一位女歌手，我手机 MP3 里面就有她的歌，很不错的，你应该听过。”

林瞳正准备从包里掏出手机，许彦行假装吃醋生气的样子说：“不用啦，我好像有点印象。刚才去接你那会儿就听到你跟同事聊阿兰，看来阿兰在你心中的位置比我还重要啊，一提起这个阿兰你就这么高兴。”

“嘿嘿，你吃醋啦？”

“我能吃什么醋啊……下次我自己录几首歌放你手机里，把你手机里的铃声全部换成我的声音。”

“得了吧，我怕吓到自己。”说完就夹了一大块鱼肉塞到许彦行嘴里，林瞳看着他脸撑得像包子的傻样，咯咯地笑出了声。

两人又聊起了各自班级里的趣事，欢乐的气氛很快弥漫开来。林瞳平复下情绪之后，看着依然笑得合不拢嘴的许彦行问道：“对了，你和你外公关系怎么样了？”

一提到舒伯华，许彦行的神色很快就黯淡了下来。这几天他一直想方设法向外公道歉，可是外公却始终都在顾左右而言他，显然还不愿意原谅自己。林瞳安慰他说：“老人很多时候就像个小孩子，是需要哄的。别急，只要你够耐心、够诚恳，外公肯定会原谅你的。”

许彦行点了点头说：“这件事确实是我做错了，我会一直承担的。”

舒伯华躺在病床上安静地睡着，舒婉莹一脸憔悴地守在旁边发呆，这时有人轻轻地敲了敲病房门。舒婉莹赶紧起身去迎接，原来是夏杰。

“婉莹，你忙了这几天没怎么休息吧？别太累了，你也要注意身体啊。”夏杰见舒伯华在睡觉，又看了看面无光彩的舒婉莹，心疼地说。

“嗯，我会的。你这么忙，还要抽空来看我爸……”

“咳！咳……”舒伯华忽然轻咳了几声，微微地睁开眼睛，看到夏杰来了，便高兴地想坐起来，舒婉莹连忙将床榻摇起，夏杰也扶他坐起来并把枕头垫好。

坐好后，舒伯华笑着说：“夏杰，你来了。”

“伯父，您好点了吗？”夏杰关心地问。

“嗯，好多了。我这把老骨头啊，就是毛病多。”说完，舒伯华就让舒婉莹通知助理把自己桌上未批阅的文件送过来，夏杰忙劝他身体要紧，不要太劳累，接着又寒暄了几句，之后便起身说公司还有事得先走了，舒伯华就让婉莹去送送他。

房间一时空荡荡的，舒伯华发了会儿呆，从枕头下面摸出一张照片。看着笑得天真无邪的小彦行，小手里头还举着那张写着“100”的试卷，舒伯华用手轻抚了下照片上的小脸蛋，眼圈一下子就红了。

舒伯华深吸一口气，揉了揉眼睛，将照片又塞回枕头下，打开了电视，没想到电视台此刻正在播出严彻召开记者招待会的新闻短片。舒伯华本来以为他又会说出什么对集团不利的话，出人意料的是，他居然在为上次的事情而道歉！

“很感谢今天到场的各位媒体记者，今天我以个人的名义召开这次新闻发布会，主要是想向大家澄清一个事实。我在上次MJ集团的新歌手签约发布会上的行为，纯属个人炒作，与MJ集团没有任何关系。在此我想向无辜因此受牵连的人，以及为MJ集团带来的负面影响而道歉。对于我个人的这种恶意炒作行为所带来的后果我愿意一力承担。”严彻坦然面对着各路媒体的长枪短炮，认真而诚恳地说。

舒伯华正想不通为什么严彻会有这么大的改变时，门口又传来了敲门声。

“请进。”

“舒董。”果不其然，是严彻。

舒伯华看也不看他，随口应了一声，顺手拿起床头柜上的报纸翻阅起来。

严彻诚恳地说：“舒董，今天我是专程来向您道歉的。”

舒伯华继续翻着报纸，过了一会儿之后才说：“你们这些年轻人做事都太冲动了。”

严彻愧疚地微微低下头。舒伯华抖抖报纸，上面大号字体刊登着“暖场歌手严彻向MJ集团诚恳道歉”的标题以及大幅照片。

舒伯华指着头版头条问严彻：“这些都是你做的吧？”

严彻认真地说：“舒董，真的很对不起。”

舒伯华有些生气地指责道：“年轻人，你认为一句道歉就能弥补你上次发布会闯下的祸吗？我们公司在那个项目上投入了那么多都让你给搞砸了，差点让我们多年的苦心经营打了水漂，公司形象也因此遭受了程度不小的毁坏，这些也都能凭你的一通‘对不起’就可以挽回的吗？”

严彻愧疚地说：“舒董，我承认自己当时太意气用事，根本没料到会造成这么严重的后果，所以我自作主张以我个人的名义召开新闻发布会向大家澄清事实，最大的目的就是想向您、彦行和MJ集团道歉。”

舒伯华听到许彦行的名字，脸上露出几分惆怅，这个让自己引以为傲的外孙，居然为了那个不负责任一走了之的男人背叛自己。他不在乎损失的那100万，他在乎的是许彦行的想法，在乎这个他百般疼爱的外孙能不能真正成为整个集团合格的继承人，在乎他到底会怎么看待自己。

严彻看到舒伯华的反应，知道他还在生许彦行的气，就说："舒董，彦行的事我都听说了。作为好兄弟，我打心眼里很佩服他。"

舒伯华听罢摆摆手让严彻坐下，跟他谈起许彦行的事来。

过了一会儿，林瞳跟许彦行也来了，三个人在病房里冷不丁这么一遇，都愣住了。得知严彻是专程来道歉的之后，许彦行也赶紧说："外公，今天我也是来诚心向您道歉，请求您原谅的。"

"彦行啊，你还记得我跟你说过的吗？你是公司的继承人，将来是要肩负起引领我们MJ集团继续发展壮大的责任的。你干出这样的事，确实让外公很失望。"

"嗯，外公，我现在知道错了。"

舒伯华看看严彻，又看了看许彦行，深深叹了口气，语重心长地说："唉……看来你们年轻人都一个样，做事冲动不计后果。我年轻的时候也有过像你们这样血气方刚的时候，没少吃苦头、少栽跟头。所以我不希望你们走我的老路。嗯……只要你们两个是真心悔改，我这次就先原谅你们。"

两人听到这句话后高兴地连声感谢，谁知舒伯华话锋一转，又严肃地说："可是彦行，你要答应我去追求夏誉雯，不管成不成功，你都要试试。"

许彦行和严彻听了舒伯华的这个要求又哑口无言了，林瞳的脸上则露出一丝不快，而这一切都被舒伯华看在眼里。

许彦行看了看严彻，严彻无奈地轻轻点了下头。许彦行沉默了一会儿，现在为了缓和外公的病情，也只好先顺着他了，便勉强地说："好的，外公，我答应你。"

舒伯华欣慰地点点头。许彦行抱歉地看了一眼林瞳，起身走到窗台前，一言不发地望着天空。林瞳看到气氛有些沉闷，忙拎着袋子走到舒伯华面前，乖巧地说："舒爷爷，你看许彦行给你带了好多你喜欢吃的东西。"边说边拿出袋子里的东西给舒伯华看，然后放到床头柜上："舒爷爷，您看，有您喜欢的铁观音啦，炒南瓜子啦，还有苹果……"

舒伯华看着林瞳拿出来的东西，果然都是自己最喜欢的，心里由衷地感叹：这女孩子还真是有心。

"我外公想让你做他的陪护。"

林瞳有些不相信自己的耳朵。

许彦行又重复了一遍："真的，我外公说想你做他的陪护。"

真不知道舒伯华怎么会突然有这种想法，难道是他觉得自己还不错，很适合照顾人？其实林瞳倒也不是反感，只不过事情实在是太突然了，而且对方还是许彦行的外公。

"只要白天抽空去去就行，陪我外公聊聊天什么的，就当是提前和长辈搞好关系呗。"许彦行小心地瞅了瞅林瞳，又接着说，"看来我的眼光还是挺不错的。"

林瞳想到许彦行答应舒伯华追求夏誉雯的事，就假装生气道："你少臭美，昨天在医院你不是答应你外公什么来着？"

许彦行无奈地说："你也知道我是被逼的。"

林瞳犹豫了下，干脆地说："那好吧。"

"那我们等会儿就去医院吧。"许彦行看她答应了，开心起来，现在，他最想做的事，就是弥补对外公的伤害，而且如果可以通过陪护，让外公多了解林瞳一些，以后说不定他就不会反对自己跟林瞳在一起了。

许彦行带着林瞳敲了敲门就直接进了病房。舒伯华看见他们俩来了，喜上眉梢，忙从床上坐起来，高兴地说："彦行，林瞳，你们来啦。"

林瞳跟许彦行忙问他感觉好些没有，舒伯华笑了笑说："有你们这些孩子这么关心我，外公的身体恢复得很好。来，坐。"

林瞳很有礼貌地说："舒爷爷，从明天起，我来照顾您。有什么做得不好的地方，您尽管提。"

舒伯华和蔼地说："好的，呵呵，真是麻烦你啦。哦，对了林瞳，上次的策划你写得很不错啊，舒爷爷可不轻易夸奖人的。"

林瞳谦虚地说："舒爷爷过奖了。我们只是做了些市场调查，查了点资料，然后总结了下而已。"

舒伯华却认真地说："懂得做市场调查，这点很不错。年轻人做事就是有干劲。要不你来我们公司做策划吧。我们公司很缺像你这样的人才。”

“谢谢舒爷爷的赏识，可是我……”林瞳看了看许彦行，想向他求助。

许彦行明白她的意思，毕竟她现在已经兼职了几份工作，实在没时间再到MJ上班，就替她说：“外公，林瞳她怕忙不过来。”

“没关系，你想什么时候去都行。我等会儿打电话给吴助理说一声。”

舒伯华这么赏识，倒让林瞳觉得有点不好意思了。

“他不是挺喜欢誉雯的吗，还一心想要结亲家，再说誉雯不也比我更会讨人欢喜……对了，誉雯现在在干吗呢……”林瞳不知道，夏誉雯这个时候正策划着一场大变动……

门外传来敲门声，不等应答夏誉雯就轻轻推门而入，叫了夏誉希两声。而她哥哥则端坐在电脑前，乐不可支地只顾上网偷菜，全然不理会她。

夏誉雯于是直接把电脑的电源插头线一拎，说：“再不理我，我可就拔电源了。”

夏誉希只好停下来，问她什么事。原来夏誉雯是受了严彻的嘱托，劝说夏誉希和他还有许彦行组成一个校园组合的。

“免谈。”夏誉希一听这事，马上把手一横。

“哥，你就答应我认真考虑下，好吗？我知道你是喜欢唱歌的，很多自己喜欢的事，现在不做将来想后悔都难了。我一直认为能做自己喜欢的事是很幸福的。哥，好好想想吧。”夏誉雯不想他因为一时的斗气，而浪费了与生俱来的天赋。

夏誉希想了一下说：“你先睡吧，我考虑下。”

等夏誉雯离开后，他走到窗前呼吸了下新鲜的空气，前前后后认认真真地想了很久，然后掏出手机，拨通了严彻的电话。

第二天，许彦行正在专心致志地改着乐稿，严彻兴高采烈地跑来告诉他，夏誉希同意参加组合了。许彦行不敢相信自己的耳朵：“什么？你还没睡醒吧？他怎么会同意？”

“废话！我清醒着呢。连他都同意了，兄弟，那你也没问题了吧？”

“如果你刚才所说的句句属实的话……谁怕谁，我也加入！”许彦行干脆地说。

舒伯华舒服地斜靠在床头，认真地听着林瞳念《财经日报》。这时唐娜提着一袋水果不请自来了。听林瞳说唐娜也是许彦行的朋友，舒伯华便很客气地让她坐下，同时林瞳的手机也刚好响了起来。看到是夏誉雯打来的电话，林瞳就向舒伯华和唐娜指了指手机，离开了病房。

“你跟林瞳是同学吧？”舒伯华收捡起摊在床上的报纸问唐娜。

唐娜笑笑说：“不是，我跟林瞳是工作认识的，我陆陆续续在酒吧唱歌，已经有四年了，现在正在许彦行的吉他吧当驻唱歌手。”

舒伯华上下仔细打量了唐娜一番，说：“想不到你年纪轻轻的，那么早就开始在这个行业打拼了。”

唐娜点点头说：“我从小时候起就憧憬着大舞台，来到这个大城市后，我发现自己越来越渴望有一天能登上大舞台放声歌唱。哪怕是次很小的机会，我都愿意尝试。”

“有梦想是件好事。”

唐娜摇摇头说：“我爸妈总说我太执著了……”

“现实很残酷啊，要想实现梦想，是得有一份执著的精神和不服输的毅力，但是除了这些，还需要点运气和他人的帮助。这样吧，如果你有兴趣的话可以来我们公司碰碰运气，我们公司现在有一个培养新人歌手的项目，你可以去试试。”舒伯华看她是彦行的朋友，又是一个有上进心的女孩，就想给她一个机会。

唐娜开心地说：“真的吗？谢谢舒爷爷，我一定会好好努力的。祝舒爷爷早日康复！”

“嗯。”舒伯华微笑着点了点头，却不知道，在那看不见的心网深处，有一股暗流在汹涌逼近……

第十三章

夏誉希接到严彻的电话后，很快就赶到了吉他吧，开始跟大家积极讨论了起来：“我认为作为一个组合，将成员不同的优势综合在一起这本身就是种优势。但是往往这样的组合缺乏特色，所以要张扬自己的个性，我觉得这点很必要。”

严彻看着许彦行问：“彦行，你呢？有什么想法？”

许彦行点点头：“我很赞同夏誉希的想法，这也是我一直想提的。另外我们组合的音乐风格我想定位为……”

“休息时间到！”林瞳和夏誉雯不声不响地从他们三个身后跳出来，开心地从袋子里拿出矿泉水递给他们。

许彦行和夏誉希匆匆喝下一口水又简单聊了一会儿，就叫上严彻拿起乐稿开始了练习。林瞳和夏誉雯站在一边看他们配合唱和声，可三个人的和声互相都没跟上节奏，有点乱。

夏誉雯小声地问林瞳："还有点问题？"

林瞳说："嗯，刚开始可能还不怎么顺利吧，时间长了也许会好些，也会更有默契吧。"

许彦行拿起一支笔在乐稿上做着标记，严彻拿起吉他反复摸索着刚才和声的和弦，夏誉希则吊起嗓子调整着音阶试图找出自己和声的最佳效果。三个人继续认真地练习着，一遍又一遍，甚至不厌其烦地重复着同一首曲目，渐渐地也配合得得心应手了。

休息时，严彻忽然满心期待地对另两人说："嘿，听我说，我有个提议。我们在吉他吧办场我们组合的首场试演吧，看看顾客们的反应如何。你们觉得怎么样？"

许彦行和夏誉希相视而笑，不约而同地说："好！"

夜幕降临，吉他吧外人头攒动，大家都看着门口醒目的海报兴高采烈地讨论着。

林瞳和夏誉雯以及所有慕名而来的顾客们都屏住呼吸坐立不安地等待着演出开始，甚至服务生们也都频频看向仍是一片黑暗的舞台。

夏誉雯紧握住林瞳的手说："林瞳，我好紧张……怎么还没开始？"

林瞳笑笑说："我也有点，呵呵，耐心等待吧。"

这时主持人唐娜笑吟吟地拿着话筒走上舞台："欢迎今天到场的

各位新老吧客对我们‘星梦组合’的支持。相信大家都已经迫不及待地想看今晚的表演了，现在让我们倒计时，迎接那激动人心的一刻！十、九、八、七……”

灯光随着倒数声渐次熄灭，当大家齐声数到“一”时，聚光灯一下照亮了舞台中央的三人，许彦行、严彻、夏誉希同时低声念道：“One、Two、Three，Go!”

严彻轻弹吉他，用他细腻的声线深情款款地呈现出一片仿佛可以触碰的温柔，在座的吧客们就像是被激活一般开始跟着旋律小声哼唱。紧接着，许彦行清澈的嗓音漂亮地接过承转部分，将那复杂而深厚的情感诠释得淋漓尽致，大家也按捺不住地和唱摇摆起来。突然，夏誉希一声高音飙出歌曲高潮，立刻惊艳全场，他还不时向台下的乐迷们招手飞吻，引来一阵狂热的尖叫和口哨。许彦行点头踩着节奏，与二人相视一眼，“星梦组合”终于开始齐声合唱起来！默契的配合与美妙的和声令所有人都听得如痴如醉，情不自禁地从座位上站起来晃动着，摇摆着……随着严彻指尖一声漂亮的滑音落下，三个人互相会心地一笑，半鞠躬向大家致谢，台下瞬间响起一阵如雷的掌声，赞叹声和口哨声更是此起彼伏一浪盖过一浪，林瞳和夏誉雯也在人群中兴奋地尖叫着、跳跃着……

“为了庆祝‘星梦组合’酒吧试演圆满成功，”夏誉希像个凯旋的将军一样环视了一圈在座的五个人，高举起一杯香槟说，“我们干杯吧！”

“干！”酒杯碰撞间的清脆回响如同一曲青春的旋律，悦耳而又使人振奋。

“今天大家高兴，想喝什么喝什么，没有关系也不用担心，今天的酒水一律免费，我全包了！”许彦行兴奋地说。

“切！你是老板，你不包谁包啊？还有不光酒水啊，这些饭菜你也得全包。”夏誉希不屑地边倒酒边说，逗得其他人哈哈大笑。

而此时在干爽、舒适的病房内，舒伯华仰靠在床头，看着舒婉莹把刚刚洗净的保温杯放到床头柜上，然后在床边坐下，充满歉意地对自己说：“爸，对不起，那天我不应该顶撞您的。不管有什么理由，我都不该跟您吵，都是我的错……”

“婉莹啊，不要再说了。”舒伯华微笑着，摆了摆手打断她，“其实住院的这几天我想了很多，也看到了很多之前看不到的、也不怎么在意的事，似乎悟出了一个道理，那就是很多事情的发生是不会以人的意志为转移的。所以，不管发生了什么不好的、不如意的事，我相信那都不是你愿意见到的。其实你也并没有做错什么，我怎么能怪你呢？”

舒婉莹颇为惊讶地看着父亲，没想到这次住院，让他改变了这么多。

舒伯华又接着说：“我只希望你跟彦行都能有个好的归宿，找到人生的另一半，安安心心地生活下去，那就是我现在最大的幸福了。”

舒婉莹点点头，眼泪几乎要夺眶而出，没有委屈、没有苦闷，有的只是一份从内心深处油然而生的感动。

而吉他吧此时已经是狼藉一片了。桌子上、地上都胡乱地堆起了一些酒瓶，女士们都喝得醉醺醺的了。

“注意了，在这张灯结彩、普天同庆的日子里，我有一件想了很久的小事儿要在这里提出来。”林瞳歪歪扭扭地站起来清清嗓子故作神秘地说。

夏誉希放出像膜拜女神似的目光满怀期待地问：“什么神秘的小事儿啊？快说吧。”

林瞳张手一挥，说：“众爱卿少安毋躁，这件小事儿是这样的。我一直在想，‘星梦组合’虽然是新成立的，但是大家的实力都这么强，不应该局限在酒吧演出，我们完全可以扩大范围，去大学校园演出。大学生是音乐消费的主力群体，我们这儿的三个活宝既然如此倾倒众生，就应该努力往更大的舞台进军！”

严彻被林瞳的一番慷慨陈词逗笑了，赞同地说：“呵呵呵！对对对！没错，咱学校不就很支持这样的文艺演出吗？我们可以先从学校小礼堂这个稍大一点的舞台开始。”

夏誉雯拿起酒杯又喝下一小口，推推身旁的严彻小声地说：“趁着今天高兴，我送你一个礼物吧。”

严彻惊讶地问：“送我礼物？”

夏誉雯点点头，说：“嗯，我放在排练室了，跟我一起去拿吧。”

两人来到吉他室，夏誉雯拿起旁边沙发上的一把吉他在严彻面前晃了晃，说：“就是这个，我已经练了很久了，今天就把我的吉他处女秀隆重地奉献给你。”

严彻笑着说：“原来你还默默地藏了一手啊，好，那我就洗耳恭听了。”

只见夏誉雯摆好架势，手指轻拨，弹起了《美丽心情》。忧伤而美丽的音符在夏誉雯的指尖缓缓流淌，严彻陶醉地闭上双眼，跟着旋律轻轻摆动起身体来。一曲弹毕，夏誉雯抬起头看着严彻，而严彻还沉浸在音乐的魅力中，一言不发。

夏誉雯紧张地看着严彻说：“怎么，我弹得不好吗？”

严彻赶紧解释说：“哦，不不，只是没想到，刚才那么多酒都没把我灌醉，你的一首歌就让我醉得有点飘飘欲仙了……真好听。”

“那是因为我只弹过这一首啊，呵呵呵……”夏誉雯害羞地笑了，接着她顿了一下，暗含忧伤地说，“你亲耳听到了我弹的曲子，我也就可以安心地去堪培拉了。”

严彻听罢吃了一惊：“什么？堪培拉？你要出国吗？”

夏誉雯说：“嗯，我可能会去那边留学，顺便也可以看看小考拉。”

“哦，留学啊……也好……什么时候去？我送你。”听到夏誉雯要出国的消息，严彻觉得心里有些酸，舍不得她走，却又不知该怎么说出口。

舒伯华刚一出院，就马上赶到公司去处理在他生病期间堆积的各种事宜，而林瞳也被他请到公司做了企划。他在出院前听说许彦行他们组建了一个音乐组合之后，就很想把他们这个组合签进公司，所以今天也特意把林瞳叫过来问她："今天叫你过来，是有个事想跟你商量。听说彦行他们几个好朋友组建了一个音乐组合，你觉得把他们签进公司旗下，可行性大吗？"

林瞳想了想说："舒董，您知道的，我跟他们都是很好的朋友，当然很希望他们能够跟公司签约。但是站在公司策划人的角度来看的话，组合才刚刚成立，演出风格还不够成熟，现在应该还不到签约的时机。"

舒伯华一边听一边点头。

"目前他们还只是在吉他吧里进行过首次试演，我们商量着还可以去大学校园演出锻炼一下，要是您晚上有时间的话，不妨去吉他吧看看他们的表演，了解一下他们的真实水平。"

舒伯华赞同地说："嗯，也好，我就过去看看，听听彦行他们唱得怎么样。"

晚上，舒伯华跟随林瞳一起来到吉他吧，找了一个靠近角落的卡座坐下来，和其他吧客们一起等待着"星梦组合"的出场。可是，吧客们却激动过头了，极其躁动不安地吵吵嚷嚷，林瞳出来提醒他们安静却无济于事。

许彦行见情形不对，就跨上布置一新的舞台，拿起麦克风说："我知道你们很激动，但是如果你们不想错过精彩的演出，就请先收收自己的声音，留到演出结束后来尽情喝彩，我们将由衷地感谢。"

话音刚落，现场气氛就随着变暗的灯光渐渐安静下来，托尼迅速启动干冰机，整个舞台顿时笼罩在一片氤氲之中，迷离而神秘。“星梦组合”在聚光灯和烟雾的双重衬托下更显酷炫逼人，而当美妙的前奏响起，大家再也按捺不住压抑的激情，大声惊呼起来……舒伯华从头至尾都认真观看、频频点头，神情流露间尽显赞赏之意。

无比帅气的三人一曲唱罢，吉他吧的气氛瞬间就被推上了最高潮，欢呼声久久不能平息。在现场气氛渐趋冷却时，唐娜从容不迫地走上台演唱了一首流行歌曲。她的歌声甜美而洒脱，几乎与原唱不分伯仲，台风也成熟大气很具明星范儿，这一切也都被舒伯华看在眼里。他想起自己在医院曾经答应过唐娜的话，现在又发现这个女孩确实很有潜质，形象也不错，觉得有包装价值，于是决定回去之后先把她签下来。

在这次的试演之后的几个月时间里，“星梦组合”通过不断地演出与磨合已经变得越来越成熟，成了吉他吧一块有名的招牌，而三个人之间的关系也愈发紧密，唐娜也顺利地进入了 MJ，似乎每个人都照着自己预想的生活轨迹稳步地向前迈进。当然，许彦行和林瞳之间的感情也在愉悦的心情和氛围中急速升温，虽然表面上不咸不淡，私下里已经是亲密无间、如胶似漆了。

又是一个阳光明媚的下午，许彦行和林瞳手牵着手，甜蜜地走在落满林阴的长街上。

“你知道我今天上午看到谁了吗？”林瞳兴奋地说。

许彦行宠溺地看着她：“除了我还有谁能让你高兴成这样啊？”

林瞳抑制不住激动的心情说：“Alan啊！我最喜欢的歌手！我今天去给公司的广告拍摄剧组送手机样板的时候看见她了，我跟你说过的吧，她是我们公司手机的形象代言人，我就趁着好机会去找她签了名，还跟她合影了呢！”

许彦行温柔地抚摸着林瞳的头发，笑着说：“呵呵，原来你还是个小追星族。对了，有个事情要跟你商量一下。你看我们俩在一起这么久了，少说也有半年了吧，而且大架不吵小架不闹，和和美美的，我觉着，应该是时候见见家长了吧？”

林瞳一听脸就有些红了，撒娇地把头靠在许彦行的手臂上，不好意思地说：“见家长啊……我爸妈不都已经见你见到心坎儿里了嘛……”

许彦行深情地笑着说：“你爸妈当然是早就认定我这个未来女婿了，可我不是还没正式把你介绍给我妈吗？这样，咱们就改天去家里见见她老人家吧？”

林瞳羞涩地嗯了一声，许彦行忍不住一低头，在她额前深深地吻了下去……

翌日，清晨，夏誉希和夏誉雯起得很早，洗漱之后，都双双穿戴得素净整齐，神情肃穆地驱车前往墓园。

兄妹俩急匆匆地走进墓地，却望见父亲已经先到了，正站在妈妈的墓碑前，对着妈妈的照片说着什么。他们赶紧靠上前去，好听得更清楚一些。

“……茹月啊，我来看你来了……自你离开已经有十五个年头了，我对你的愧疚却远远不止这个时间。多少年了，我只知道自己追求真爱，却忘了对你承担起应有的责任，是我对不起你……每次誉希顶撞我，对我冷言冷语，我都心甘情愿地受着，这是我欠你的，欠誉希的，这辈子都还不完……呵呵，早点过来也就是想跟你单独说说话，如果孩子们在，还真不知道该说些什么……”

听了父亲的这番话，夏誉雯眼里噙满了泪水。夏誉希看着父亲日渐苍老的背影，抑止不住地泪流满面……

这天晚上，许彦行拉着林瞳一起走进了家门。舒婉莹突然看到他们手牵手站在一起，愣了一下，许彦行赶忙说：“妈，我今天特地带林瞳来见您的。”

舒婉莹这才恍然大悟。其实她也很喜欢又聪明又懂事的林瞳，可是她也知道，父亲是一心想要许彦行娶夏誉雯过门的，自己当年就是没有听父亲的话，一直到现在还把他气成这样。父亲的身体已经大不如前了，而且才刚刚出院，如果彦行再去反抗他……不行，他们不能在一起。

“哦，看我，还没有给客人上茶呢。”舒婉莹故意很客气地说，正要起身时却被许彦行拉住。

林瞳连忙说：“阿姨，不用麻烦了，我不渴。”

许彦行把母亲按回到沙发上说："妈，您坐下听我说啊。我今天带林瞳过来，就是想正式告诉您，我们恋爱了，希望能得到您的祝福。"

许彦行和林瞳一脸真诚地看着她，舒婉莹犹豫了一下，说："哦，是这样啊……真不巧，今天阿姨身体不是很舒服，要不我们找个合适的时机再聊吧……"

林瞳看出来了，她也和舒伯华一样，是想让誉雯和彦行在一起，而不是自己……林瞳默默地低下了头，委屈的泪水在眼眶里打转……"不行，这个时候不能哭，不能让人家可怜自己，更不能给彦行造成压力。"她稍稍转过身小心擦拭了一下，调整好心情，故作轻松地让许彦行去好好照料舒婉莹，自己打车回家了。本该是一个收获幸福的夜晚，最后却不欢而散。

待林瞳离开后，舒婉莹忧心地问："彦行，你了解林瞳吗？你确定要跟她一起走完这一辈子？"

许彦行认真地说："妈，我和林瞳在一起不是一时冲动，是在共同经历过一些事情之后，各自确定了心意，才决定在一起的。希望您能祝福我们。"

舒婉莹想了想自己跟许建的悲剧收场，坚定地说："不行，你们门不当户不对的，到时候肯定会产生大问题的，与其到时候出了问题大家一起痛苦，不如现在就断了这个心思。"

许彦行很纳闷，母亲什么时候开始也有这种观念了？他依旧坚持自己的想法："妈，感情上的事，根本就不该有什么门户之见，我不知道两个相爱的人在一起能出什么事情。”

舒婉莹叹了口气：“唉……那你想想我和你爸，当年我们也是两个相爱的人，但是到最后，结果又是怎么样呢？你有没有想过？”

许彦行听罢立刻摇头：“这个怎么能拿来相提并论呢？我们是不同的啊。”

舒婉莹激动起来：“有什么不同？又是富家子女跟平头百姓的结合，注定不会幸福的，我不能看着你犯错！”说到这里，她都有些浑身发抖了，回忆起自己这么多年来的凄苦日子，以及重新回到家后寄人篱下般的悲凉境遇，不由得双眼紧闭、眉头紧锁。

许彦行沉默了一会儿，从小到大，他都觉得自己应该代替爸爸来照顾无助的妈妈，所以只要是妈妈的话，他都会去尽量顺从，满足妈妈的意愿。可是，这次不同，林瞳是自己这辈子最深爱的人，他不能仅仅因为孝顺，因为上一辈人的纠葛，就白白断送自己这段来之不易的感情，所以还是坚定地说：“妈，您注意点身体，别动气了，我跟林瞳之间的感情，我会考虑清楚的。我相信，时间会让您改变对我们的看法的，您好好休息吧，我出去走走。”

许彦行说完走出了客厅，舒婉莹眼里噙着泪，失望地看着他的背影。自己明明是为了儿子好，他为什么就不能理解呢？她又想到了父亲，当年他极力阻止自己跟许建在一起时，可能也是这种心情吧。

唐娜被签进舒氏娱乐公司后喜出望外，本以为可以从此平步青云、大红大紫，却没想到MJ集团旗下像自己一样的歌手太多了，到公司快两个月了，连要做些什么都没人告诉过自己，更别说成为明星了。

她寻思着，如果继续这样默默地等下去，自己很有可能会被渐渐遗忘掉，而且还有林瞳这个绊脚石，许彦行跟舒伯华都那么重视她，她还可以负责重要的项目，不行，自己不能就这样输给她，得想个办法……

“上班时间，你开小差哪？”林瞳见唐娜突然来到自己的办公室，感到很奇怪。

唐娜客气地说：“哪里，我有去报到啊，不过现阶段还没我什么事儿，就来看看你呗，顺便看看有没有什么我能帮忙的。”

林瞳笑笑说：“帮忙？不太好吧，都是我分内的事儿。”

唐娜装出一副很可怜的样子，讨巧地说：“哎呀，林瞳，咱们姐妹一场，你就帮我这一次吧，我实在是太闲了，真的没什么事可做啊。”

林瞳想了想：“这样啊……那好吧，你帮我看下这份材料然后把里面有用的信息提炼出来，然后我再进行分析整理。”

这时林瞳的手机响了起来，她看了看来电显示，一脸甜蜜地接通电话：“嗯，干吗啊？我在公司查资料呢。晚上？呵呵，好啊……”

唐娜斜着眼睛瞥向走远的林瞳，猜到这个电话肯定是许彦行打来的。如果说许彦行是跟夏誉雯在一起，自己的家境背景没法跟人家比，心理还平衡一点，可是林瞳，明明是和自己一样的人，凭什么就可以拥有许彦行？一想到这儿，唐娜就妒火中烧。不行，绝对不能让他们继续好下去！我得马上想办法，得想办法……

她不知从哪儿得知了舒伯华喜欢品茶，就特意买了好茶叶，沏好了送到董事长办公室，恭敬地说：“舒董，这是我家那边的特产，狮峰龙井，我特地泡了一杯来给您尝尝。”

舒伯华高兴地接过茶杯品了一口，说：“嗯，果然是好茶。”

“呵呵，如果舒董您喜欢，我家里还有很多呢。嗯，舒董，最近公司接连签了这么多歌手，不知道有什么新动向呢？”

舒伯华还在想着刚才彦行进来欲言又止的神情，还有当自己问到他跟夏誉雯的感情时支支吾吾的样子，觉得他一定有事瞒着自己，就问道：“唐娜，你跟彦行他们都是很好的朋友吧？”

唐娜点点头说：“嗯，是的，我们感情很好的。”

舒伯华问：“那你清楚彦行最近的动向吗？他有没有跟誉雯一起去约会什么的？”

唐娜想了想，说：“彦行最近都忙着乐队的事儿，好像没怎么跟誉雯交流吧。”

舒伯华叹口气说：“唉，这孩子，工作狂一个……”

唐娜知道舒伯华一心想要许彦行跟夏誉雯在一起，就顺着他的意思说：“男人忙于事业无可厚非的，只是时间都被工作侵占了才会顾不上恋爱，其实，这个问题应该蛮好解决的，只要给他们制造机会就可以了。”

“说说你的想法。”舒伯华双手交叉，靠在嘴唇上。

“嗯，舒董，我是他们的好朋友，也希望看到他们早日修成正果。

我应该能撮合他们的，只是，我现在也急着自己出唱片的事……”

舒伯华打断她：“唱片的事你不用担心，只要你能尽快促成彦行跟誉雯的事，我答应你马上给你出新唱片。”

“谢谢舒董，我会好好干的。”一丝旁人察觉不到的阴影从唐娜眼前掠过，她一把抓住，只见那束阴影慢慢地变成了一条星光大道，她仿佛看到自己就站在那宽阔的舞台上，无数歌迷在为自己欢呼……

吉他吧通常只在晚上营业，白天除非是练习，平时都没有人。唐娜就借口要请教一些工作上的事，约许彦行来到吉他吧，同时又通知夏誉雯说要给她唱歌钱行，说在吉他吧比较有意义，把她也约了来。她又怕林瞳也许会突然杀到，就对她撒谎说自己弟弟生病了，特别想吃一种点心，自己又有重要的事情要办，可能要忙到晚上，让她帮自己去一个很远的地方买，晚上再带到吉他吧来。这一切都安排妥当之后，唐娜就可以放心地在吉他吧好好设置她的“陷阱”了。

许彦行到了后，看到满桌丰盛的菜肴很纳闷，就问她：“你不是说有公事要问我吗？”

唐娜笑笑说：“誉雯就要出国了，我想给她提前钱行，公事我们吃过饭再说吧。”

许彦行本来觉得单独跟她们两个吃饭很奇怪，正想找借口离开，这个时候恰好夏誉雯也来了。他转念一想，又觉得自己欠夏誉雯也挺多的，现在她要出国了，一起吃个饭提前为她钱行也好，也就没考虑太多，留了下来。

夏誉雯看到许彦行也在，觉得有些尴尬，就建议说：“要不把林瞳还有我哥哥和严彻也叫过来，大家一起聚聚吧？”

唐娜赶紧说：“哦，我刚刚给他们打过电话了，他们都没空，说是下次再聚。”

“这样啊，好吧……”夏誉雯有些失落。

唐娜给夏誉雯、许彦行还有自己的杯子里都倒满酒，然后举起酒杯说：“来，为了预祝夏誉雯同学在国外活得有滋有味，先干一杯吧！”说完趁两人仰头一饮而尽的时候，故意装成是喝完了然后迅速把酒杯又倒满的样子。

许彦行亮完杯底后给夏誉雯的酒杯倒上一半，自己倒满，举杯说：“誉雯，我要敬你一杯。你就要出国了，我之前对不起你的地方，希望你统统都把它们给丢进太平洋里，在堪培拉要是想起我，就开心地笑一笑。”

夏誉雯端起酒杯，灿烂地笑着说：“我现在不就笑着的吗？以前的事儿啊，我都忘记了，我只记得我们现在是很好的朋友。”

“嗯，很好的朋友，来，干杯！”

刚喝了没几杯，许彦行和夏誉雯就觉得晕晕乎乎的，感觉很奇怪，好像手脚都有点不听使唤了。

“很难受吗？要不先休息一下？”唐娜暗暗地得意了一下，然后故意问道。

两人迷迷糊糊地点点头，任由唐娜将他们搀扶到值班休息室的床上。夏誉雯一挨着床就支撑不住，沉沉地睡过去了，许彦行则强撑着半醉半醒地躺在了她旁边。唐娜赶紧摊开一床被子盖在两人身上。

许彦行觉得跟夏誉雯躺在一张床上不太适合，就想挣扎着起身，但却一点力气也使不出来，而且脑子里也乱糟糟的……“唐娜去哪儿了？怎么不见了呢……还有林瞳……林瞳，你在哪儿……我需要你……”就在许彦行即将失去意识的时候，他突然感觉到有人进来了，可是他的眼睛却怎么也睁不开，只听到似乎是什么金属掉在地上的声音……许彦行竭力睁开双眼，隐隐约约地看到好像是林瞳站在房间门口，地上一个铁盒子，朝自己越滚越近……

第十四章

“我这是在哪儿呀……我的头……好难受……”夏誉雯因为头痛难忍渐渐清醒过来。

许彦行费力地翻了个身，使劲揉了揉眼睛，还是很模糊……

“没错，绝对是……真的是林瞳，她就站在那儿……林瞳……”

可是当许彦行看清楚林瞳脸上那难以掩藏的愤怒时，他呆住了。林瞳从来没有让他感觉到这么不安……甚至是可怕。他有点被吓醒了。

“等等，肯定哪儿不对劲……”许彦行努力回想着，瞥了一眼紧挨自己躺着的夏誉雯，猛地一惊，弹坐起来。

林瞳见他醒了，更觉满腔悲愤无处遁形，抿紧嘴唇摇着头后退了几步，转身就跑。许彦行赶紧从床上胡乱翻身起来，懊恼地捶了下大腿，连滚带爬跌跌撞撞地就往外追。

这个时候，夏謍雯也昏昏沉沉地挣扎着坐起来，看见突然跑开的像是林瞳身影的人，还有跟跄追出去的许彦行，不明白到底发生了什么事，只依稀记得刚才还在喝酒聊天，现在却已经睡在了这里……

林瞳往吉他吧门口跑去，但不知为什么，明明很气愤很想离开这里，离开他，却感觉怎么也迈不开步子……许彦行跟跟跄跄地追上去，伸出手抓住她的胳膊。林瞳别过身看着一脸焦急的许彦行，顿时气不打一处来，奋力一甩，把他的手猛地摔在了走廊的墙上，痛得许彦行将牙关咬得紧紧的。可林瞳毫不理会，转身就要继续往前走，许彦行赶紧上前一步拦住了她。

林瞳毫不犹豫地伸手一推，她这会儿已经气得快要疯掉了。许彦行使出全身的力气抓住她的肩膀，把她按到墙上。林瞳被他弄痛了，竭力反抗想挣脱开来。

许彦行慌了，他只想着让林瞳能安静下来，便不管不顾地强吻了上去，却被林瞳按住脖子狠狠推开，紧接着就是一巴掌扇在了脸上。许彦行顿时呆若木鸡，而就在他愣神的空当，林瞳头也不回地跑出了吉他吧。他回过神来之后，连忙追了出去，却无奈身体还十分虚弱，没跑几步便跪倒在地，眼睁睁地看着林瞳的背影消失在夜色里……

华灯初上的夜晚，人们都纷纷回到家里享受融融暖意。而伤透了心的林瞳却沿着海边魂不守舍地往前走。手机响了，一看，许彦行。林瞳立刻挂断了电话。手机又响了，她再次挂断。就这么安静地过了一会儿，她收到一条短信：林瞳，你听我解释，事情不是你看到的那样。你接电话，好吗？

这回林瞳直接把手机给关了，然后停下来斜倚着护栏，任凭长发被海风袭扰得凌乱不堪，悲痛地望着远方。过了很久，林瞳才拖着疲惫的身心回到家，重重地陷入沙发里，打开电视，漫无目的地换着台，不知不觉间，一滴眼泪悄然滑过她美丽的脸庞……

夏誉雯觉得好像做了一场噩梦，不明白到底发生了什么，怎么就变成了这个样子……那天许彦行追林瞳出去后，突然来了很多记者，拿着相机乱拍，有的还说："不是两个人吗，怎么会只有一个？"她整个人都晕了，觉得好像有哪里不对劲，但又想不清楚到底哪儿不对……

她回到学校，精神恍惚地在路上走着，这会儿严彻正好从岔路走来，看到她心不在焉，于是悄悄地走过去，准备开个玩笑吓一吓她。可夏誉雯完全没察觉后面有人靠近，而且连前面有个台阶也没注意，一个不留神身体就失去了平衡。

严彻一惊，赶紧跑上前去把夏誉雯拉起来，担心地问："你想什么呢？没看到前面的台阶吗？"

夏誉雯迟钝地回过神来，看到严彻，尴尬地笑着说了一声谢谢。

严彻关切地问："怎么了？是不是有什么事儿？"

夏誉雯恍惚地说："出大事了，很大很大的事……"

严彻看着她，不知道是什么事会让她这么慌乱。夏誉雯吞吞吐吐地说："其实……我也不清楚……是怎么回事……我昨天傍晚的时候，在吉他吧喝醉了……醒来发现，居然和许彦行躺在了同一张床上……"

"不会吧？"严彻吃惊地叫出了声。

夏誉雯猛然反应过来自己可能说错话了，赶紧解释说："你，你别乱想，我们只是喝醉酒躺在一张床上了，其他的什么也没有，可是后来被林瞳进来撞见了，再后来还来了记者拍照……"

严彻觉得太离谱了："林瞳看到了？还有记者拍照？等等，我没明白。"

夏誉雯苦恼地说："是呀，我也不明白，现在脑子里是一片混乱。我不敢跟我哥说，也不敢面对林瞳……你说我该怎么办？"

严彻赶忙安慰她："你别着急，没事的。下午没课了吧？"

夏誉雯点点头说："嗯，有也没心情上了。"

"这样，你还是先回家吧，别在这儿跟游魂一样地乱走了。我去找许彦行问问看到底是怎么一回事，有什么事情再打电话给你。"

夏誉雯温驯地看着严彻，点了点头。

"舒董，请您再给我点时间，我肯定下次不会再出现同样的情况了。"与此同时在MJ的董事长办公室里，唐娜正急切地向舒伯华汇报战果。

舒伯华很平静地问："到底是怎么一回事？"

唐娜赶紧为自己辩护："舒董，其实我都已经成功一大半了，您不知道我花了多少心思才让彦行和誉雯躺在一张床上，然后把两人同床的照片放出去，再让媒体渲染一下，到时候生米煮成熟饭，两个人就不管怎样都必须在一起了……"

听到这里，舒伯华颇为嫌恶地皱了皱眉头，他显然很不喜欢以这样的方式来达到目的，况且牵涉到的还是夏杰的女儿。

那天，唐娜在酒里下了药，本来是想把许彦行和夏誉雯迷晕以后让他们俩躺到一张床上，再通知记者过来拍照，到时各大媒体一爆料，像许彦行这样一个责任感很强的人，出了这种事肯定要对夏誉雯负责任的，而且夏家和舒家都是大集团，名声是第一位的，照片一发出去，他们两个就算是不相爱，也一定要结婚，自己就圆满完成了舒伯华所说的促成他们两个婚事的任务，那出唱片的事也就水到渠成了，可是万万没想到……

"那怎么最后又没成功？"舒伯华不耐烦地问道。

"林……林瞳突然出现了。"唐娜小心翼翼地说。

舒伯华很不解："这关林瞳什么事？"

唐娜急切地说："结果她让彦行酒醒了，还对彦行发了通脾气。我在想，她是不是喜欢彦行呀，要不然进去之后看到那种情况识相的话应该赶紧出来才对，结果她耗了一会儿才气冲冲地出来，彦行还出来追她。"

见舒伯华没吭声，唐娜低着头又继续说："我怕他们看见，就走开了，照片也没敢登出来，不过舒董，下次，下次我一定……"

舒伯华不耐烦地挥挥手说："行了，我知道了，你先出去吧。还有，把那些已经拍到的照片统统收回来，包括底片，然后销毁，明白吗？"

"明白……"唐娜唯唯诺诺地退出了办公室。

"林曈……"舒伯华默念着。他想起那天自己让彦行去追求夏誉雯时，她脸上流露出来的不快，难道他们俩之间真的有什么？

而此时许彦行独自一人坐在吉他吧里喝着闷酒，手边已摆满了空啤酒瓶，连严彻来了都完全没有察觉，只知道一口接一口机械地喝酒。

严彻在他旁边坐下，问："怎么喝酒也不叫上我？"说着打开一瓶啤酒喝了一口。

许彦行这才发现了严彻，有气无力地说："来了啊……"

严彻想缓解一下他的情绪，就开玩笑说："喂，许彦行，你一个人坐在这儿自斟自饮干吗？玩深沉、玩颓废啊？"

许彦行闷闷不乐地抬起头说："没心情跟你开玩笑。怎么，有事吗？"说罢又灌下一大口。

严彻拍了一下他的肩膀说："行了啊，昨天还没喝够啊？"

许彦行吃惊地看着严彻："你知道了？"

"嗯，一点点。具体的在等你告诉我。"

许彦行痛苦地抓着头发说："林曈现在不理我了……电话不接，短信也不回……"

“行了，别抱怨了啊。我和誉雯先去找林瞳谈谈，看看情况如何。”

许彦行猛地拍了下额头说：“啊！我都忘了誉雯了，她现在怎么样了？”

“还好，她倒是挺担心林瞳的。行了，我们去帮你处理。”

许彦行感激地看着他：“哥们儿，太谢谢你了。”

“得，别用那眼神看着我，我害怕。你也别再喝了，还是尽早恢复清醒，好好弄明白是怎么回事吧，先走了啊。”严彻说完转身离开，许彦行无力地朝他的背影挥了挥手。

严彻在去找夏誉雯的路上猜想着，他们俩肯定是因为什么事不小心喝醉了才会这样，却不巧被林瞳看到了，现在必须去跟林瞳解释清楚，不然彦行跟她可能就真的无法在一起了。虽然自己曾经喜欢过林瞳，但是现在已经想得很清楚了，许彦行和她是真心相爱的，他们两个都是自己最好的朋友，而自己所能做的，就是成全他们。

夏誉雯一见到严彻就迫切地问他情况怎么样，严彻看到夏誉雯焦急的表情忍不住笑了出来：“呵呵，你先别着急呀，我们边走边说。”

夏誉雯着急地说：“你还有心情笑，我现在是哭都哭不出了，还不知道林瞳现在会怎么看我呢。”

“没事的，等会儿过去你跟林瞳解释一下就好了，误会解释清楚了就好，她不会怪你的。”严彻拍拍她的头说。

“那等会儿你要帮我说话啊。”夏誉雯有些担忧地说。

严彻笑着说：“放心吧，我会时刻站在你这边的，同时还得替许彦行说好话，也得为林瞳考虑一下……唉，你说我多难啊，想想我多难，你就知道你的处境不算太糟糕了吧。”

“去你的。”夏誉雯嗔怪地推了他一下。

两个人边说边朝着学校的琴房走去，远远地就听到了激烈而零乱的琴声，看来她心情着实很不好。

严彻在旁边轻轻拍了拍她的肩，拉琴拉得几近疯狂的林瞳才终于停了下来，夏誉雯递给她一本书说：“这是你前些天在找的书，我今天去书店正好看到，就给你买回来了。”

林瞳僵硬地笑了一下，接过书放好，说：“谢谢。你们俩怎么一起过来了？”

“我们可是特派人员，专门负责解决难题。”严彻一本正经地说，又朝夏誉雯眨眨眼，“对吧，誉雯？”

夏誉雯赶紧用力地点头。林瞳看着两人的表情，有些想笑：“我哪有什么难题？”

夏誉雯小心翼翼地说：“可是你脸上写满了难题。”

严彻故意靠过来上下左右地打量：“哪里啊？誉雯，快指给我看看。”

林瞳终于被两人逗笑了。

夏誉雯见她放松了，才充满歉意地说：“林瞳，是这样的。其实那天我跟许彦行……我们俩是喝醉了……但是那天我们什么都没发生，真的什么都没发生，你要相信我，还要相信许彦行，我不想失去你这个朋友，真的。”

林瞳低着头，伸出一根手指在琴弦上轻轻地滑动。

夏誉雯有些焦急地说："林瞳，你听我说，那天我们真的不知道是怎么回事，我到现在都还没想清楚为什么我跟许彦行会倒在同一张床上，而且你们走后还有记者到房间里来了。"

严彻赶紧插话："就是，彦行也觉得莫名其妙，你也知道，最近许彦行一直不怎么顺，这人要是不顺啊，喝凉水都塞牙，是不是？你现在不接他电话不肯见他，他现在不知道多着急呢。一个人在那儿借酒浇愁，希望我能帮他跟你解释清楚，并让我以我的人格担保他的确是什么都没做。"

林瞳反问道："以你的人格担保，那他的人格呢？早就没了吧？"

严彻笑笑说："呵呵，他说他的人格在你这儿暂时被格式化了，所以先找我预支一点，等他的人格恢复了，再用他的。"

"我不想看见他。"林瞳抬起头看着严彻，转而又拉着夏誉雯的手说，"记者没难为你吧？"

夏誉雯摇摇头，林瞳安慰她说："你那点酒量我还不清楚？喝一点就能醉得晕头转向的，被人抬走了都不知道，这事儿肯定跟你没什么关系，但许彦行他跟你喝酒怎么可能会不省人事？吉他吧可是他开的。"

夏誉雯赶紧替许彦行解释说："我就记得当时我们在喝酒，然后醒来就是你在门口，接着许彦行就追了出去……"

林瞳打断夏誉雯的话说："你不用帮他解释了，他那个人明摆了就是人品有问题。”

严彻说道：“林瞳，你先冷静下来好好想一想，许彦行是个什么样的人我们大家都清楚，他把誉雯当妹妹看怎么可能会对誉雯做什么坏事呢？其实很多时候我们眼睛所看到的并不是事实的全部，可能其中隐藏了什么我们并不了解的情况。在没弄清楚真相之前，我们不能就这样错怪了彦行，对吗？”

林瞳很坚决地说：“事实就是这样，我看错人了。你们以后不要再跟我说起他，总之我对他很失望。”

晚上回到家里，许彦行陪着母亲和舒伯华一起共进晚餐。舒伯华见彦行只顾低头吃饭，沉闷得一句话也不说，就主动问他：“你们那个组合怎么样了？”

许彦行心不在焉地说还好，舒伯华看了他一眼，一边夹菜一边突然问道：“你觉得林瞳怎么样？”

听到林瞳的名字，许彦行的心抽动了一下。外公怎么会突然这么问？他迟疑了一下说：“还行吧，她工作能力还挺强的。外公，您怎么突然说起她？”

“哦，没什么，就是这几天听公司的人都在夸她，好像公司里很多人都挺喜欢她的，特别是那些年轻小伙子。”

舒婉莹也跟着说：“嗯，那种女孩子年轻小伙子们肯定喜欢。”

“哦，是吧，我不清楚。外公，我吃完了，你们慢用。”许彦行想到林瞳现在都不肯理自己，外公又希望自己跟夏誉雯在一起，妈妈也那么坚决地反对，脑子里快乱成一锅粥了，匆匆扒了几口饭就起身离开了饭厅。

舒伯华问女儿："这是怎么回事？"

舒婉莹犹豫了一下，还是说了："爸，彦行正在跟那个林瞳交往。"

"什么？他不是跟夏家千金一直很好吗？"

舒婉莹观察着舒伯华的脸色，小心翼翼地说："不是，那天彦行还带着林瞳来见我了，说是已经在一起了，还希望我能祝福他们。"

想起那天唐娜的描述，舒伯华终于明白，原来彦行喜欢的人是林瞳，他一直应承着会追求夏誉雯，应该只是为了哄自己高兴吧。

第二天到了公司，舒伯华就把林瞳叫到办公室来，和她谈了一些工作上的事，同时也表扬她说："林瞳，你最近的工作成绩非常不错，你的上司多次跟我提到你，对你赞赏有加啊。"

林瞳微笑着说："谢谢舒董关心，这段时间多亏您还有大家对我的照顾，我才能这么快融入到工作中，其实我还有很多需要学习的地方，往后也会加倍努力的。"

舒伯华满意地点点头："呵呵，我就喜欢你们年轻人这种积极上进的心态。林瞳啊，你跟我们彦行是好朋友，我呢，也一直是把你当孙女看，今天我问你一个私人问题，你看行不行？"

林瞳想都没想就说："当然可以啊，您问吧。"

舒伯华停顿了几秒钟，严肃地问道："你有没有喜欢的人？"

林瞳吃了一惊，难道自己跟彦行的事让他知道了？然后很快恢复了镇定："哦，没，没有。我现在只想以学业和工作为重。"

舒伯华听了后笑道："嗯，那就好。是这样，广州的分公司有个新项目要做，他们很看好你之前做的那份策划，希望你过去帮帮他们。不过这一去估计要很长时间，你看行不行？"

林瞳立刻想到，如果去了广州，就会有很长一段时间不能见到彦行了……为什么还是会想到他？这个人，根本不值得自己喜欢。可是……林瞳的心绪被这突如其来的状况给搅得乱七八糟的，只好说："舒董，如果要去的话，学校里、家里的事情就都要重新做个安排。您看这样行吗，我回去考虑几天，再给您答复？"

舒伯华似乎早料到她会这么说，马上回应道："可以。不过这是一个很难得的机会，对你的能力绝对会有很大幅度的提升，回去慎重考虑一下吧。"

林瞳从舒伯华办公室出来，长呼了一口气，然后往自己所在的办公室走去，途中却恰巧听到两个女职员正在议论自己。

一个说："广州那个项目听说要交给林瞳，凭什么是她呀，我们公司比她能力强、资历深的人多了去了。"

另一个却用很不屑的语气说："这你就不知道了吧，听说她仗着自己长得漂亮，勾引董事长的外孙，舒董怕她破坏了跟夏家的婚事，所以才……"

后面的话越发不堪入耳了，林瞳又气愤又委屈，但又不知该如何发泄。是的，自己确实是很希望有机会能展现自己的能力，实现自己的梦想，可是也更希望这机会是凭自己的真实本领拿到手的，如果其中掺杂了什么不干净的因素，自己宁肯选择不要。想到这里，林瞳的心里暗自做出了决定。

第二天一早，林瞳就站在舒伯华办公桌前，递上了辞呈。舒伯华很惊讶："这是怎么回事？好端端的干吗辞职？"

林瞳很平静地说："舒董，最近学校课业比较繁重，两边都忙的话，我感觉自己有些力不从心。"

"是不是在公司做得不开心，还是不想去分公司？"

林瞳赶紧解释："不是不是，您和大家都这么照顾我，我怎么会干得不开心呢？只是现在我身为学生，还是以学业为重比较好。舒董，等我把本事学好了再来继续做您的员工，您看行不行？"

舒伯华惋惜地点点头："那好吧，既然你有自己的打算我也不强求什么了，就依你的意思吧。"

看着林瞳离去的背影，舒伯华居然笑了，心想：这个丫头，果然没让我失望，不是那种贪慕虚荣、为了个人前途什么都可以牺牲的浅薄女子，嗯……

下班时间已过，公司里的人几乎都走了，唐娜还坐在座位上装模作样地拿着份文件研究。林瞳做好最后的一点工作后，拿起一个纸箱就开始收拾自己的东西。察觉到动静的唐娜似乎就在等着这一刻，走进来问道："你这是怎么了？"

林瞳朝她轻松地笑了笑："我辞职了。"

唐娜故作吃惊地问："啊？为什么呀？不是做得好好的吗？干吗要走啊？"

"还是想以学业为重，呵呵。"

林瞳继续收拾东西，唐娜一边帮忙一边装出关心的样子问："可是你已经在这边做出一定的成绩了，就这样走了不是很可惜？"

"有失必有得嘛。"

唐娜假惺惺地说："这样我们就不能一起工作了。"

林瞳轻松地说："没关系，大家还是可以一起出来玩啊。你就好好在这儿工作，我们常联系嘛。"说完把一叠文件递给唐娜："这是项目的全部资料，你比较熟悉，帮我整理一下交给舒董吧。"

唐娜接过文件，直到林瞳完全消失在自己的视野中，才一改刚刚郁闷的表情，露出阴险的坏笑。

林瞳抱着纸箱落寞地走向大门，却意外地碰到了许彦行，马上低下头侧身躲向一边。许彦行看到了，赶紧过来拉住她的胳膊，指着纸箱里的东西问："这是要干什么？你怎么把自己的东西都收起来了？"

林瞳冷冷地说："我辞职了。"

许彦行很急切地拉起林瞳的手问："为什么？怎么事先都不跟我说一声？"

林瞳甩开他的手："我好像不用什么事情都向你汇报吧？"

"林瞳，你听我解释好不好，那天是唐娜叫我过去商量工作上的事，我才去的……"

林瞳打断他:“你不用解释，我说过我不想听。”说完一把推开他，急冲冲地走出了大门。

许彦行怅然若失地站在原地，眉头深锁:“我一定要还自己一个清白，挽回林瞳，挽回我们的幸福！”他脸上的神情忽然变得异常坚定，迅速转身往 MJ 集团总部大楼走去。

唐娜拿着林瞳留给她的文件，跑到舒伯华办公室，讨巧地说:“舒董，林瞳负责的项目我一直在给她帮忙，我刚把这份策划文案赶完，请您过目。”

舒伯华翻开文件夹粗略看了一遍，点点头，看着唐娜说:“嗯，很不错，这份策划的水平跟林瞳可是不相上下啊。这样吧，正好林瞳的位置空出来了，你对这个项目又比较熟悉，干脆你就接替林瞳负责这个项目。”

唐娜很欣喜地说:“谢谢舒董，我会好好干的！”

纸永远也包不住火，何况夏誉雯现在又那么需要帮助。夏誉希从妹妹口中追问出这次醉酒事件后，第一感觉就是许彦行又在捣鬼，想利用誉雯讨好他外公。他这些日子对许彦行好不容易积累起来的一些好感，马上抛到了九霄云外，要是现在见到那个人，就一拳揍过去，可是又转念一想，林瞳现在一定很难过吧，不能再便宜许彦行了，于是就连忙约了她出来。

两个人边走边聊着，夏誉希听说她从 MJ 集团辞职后很是高兴，开心地说:“林瞳，你这个决定做得实在是太正确了！”

“幸灾乐祸。”林瞳淡淡地说。

“哪有啊，你早就应该出来了嘛，不然跟许彦行那个蠢人抬头不见低头见的，多郁闷啊。”

林瞳脸上闪过一丝不快：“咱们说点别的，行吗？你今天这特意叫我过来，是不是有什么好事啊？”

夏誉希调皮地说：“那当然，你说天天看见我，是不是好事？”

林瞳皮笑肉不笑地摇摇头。

“嘿嘿，跟你说正事呢，去我爸公司上班，怎么样？”

林瞳一听，把头摇得更厉害了：“我刚出来休息一下，你又要把我往火坑里推，也太不人性了。我最近根本就不打算工作，想先好好梳理一下自己。”

“那好吧，不过你想什么时候去就什么时候去，位置一直给你留着啊……”夏誉希温柔地看着她。

这会儿在公司里，唐娜正小人得志地坐在林瞳的位子上。一个小职员拿了份文件过来找唐娜签字，恭恭敬敬地把文件递到她跟前，说：“唐小姐，这是明天活动的企划，请您签字。”

唐娜拿起笔动作优雅地签上自己的名字，把文件往小职员那边一推，说：“明天的活动盯紧点啊。”

看着那小职员小心翼翼地离开，唐娜往后一靠，得意而又满足地转动起椅子来。这时手机响了，唐娜看也不看，按下接听键就甜甜地说：“喂，你好！”

“唐小姐，你好啊！”

原来是路易。唐娜的好心情转眼就没了。上次让他通知记者去拍许彦行跟夏誉雯同床的照片，虽然答应了会给他好处，可是他并没有拍到自己想要的照片呀，就这难道还想要钱？唐娜小声地质问道：“你打电话给我干吗？”

“唐小姐真是贵人多忘事，照上次说好了的，兄弟们的钱是不是……”

“事儿都没办成，你还好意思问我要钱。”

“这兄弟们也要吃饭的不是？所以还请理解一下哈，地下停车场见吧。”路易说完就挂断了电话。

唐娜的心一下子沉到底了，紧紧攥着手机，不安地起身来到停车场。见到路易，唐娜没好气地说：“说好的事情没办成，还想要钱？先把照片拿过来吧。”

路易阴笑着说：“唐小姐，您可是将来要成为大明星的人，不会在乎这点钱的吧！再说照片……嘿嘿，那又是另外一码事了。”

唐娜冷冷地说：“什么另外一码事？你难道还想再多敲一笔不成？那我明确地告诉你，钱，我是一分都不会给的。”

路易脸色一变，狠狠地说：“唐小姐，不要把人逼急了。你知道我们是记者，既能帮你爆料，就也能做别的。”

“你想怎样？”唐娜心里有点慌了。

路易刚要说话，他的手机就响了，似乎是有什么急事，通完电话后也不管唐娜就匆匆离去。

唐娜满腹狐疑地看着他跑远，却没有意识到，她满心渴盼的星光前程已经无可避免地悄然黯淡下来。

“这个报道，我们路易大记者应该不陌生吧？”舒伯华的助理指着一份摊开在办公桌上的报纸问道。

路易心虚地看了一眼报纸上关于许彦行和夏誉雯的绯闻，尽量装得很自然地说：“那当然，这么火爆的新闻作为一个记者怎么可能会错过呢？”

“大家都是明白人，我就不拐弯抹角了。如果我没猜错的话，这个报道应该出自路易大记者您之手吧？”

路易干笑着说：“哈哈，我哪有这能耐啊，这篇报道真不是我写的。”

舒伯华助理表情严肃地说：“路易，MJ 集团在圈子里的地位你不会不知道吧，就你这点小动作以为我们查不到？影响我们公司的形象你可是要吃不了兜着走的。”

“凡事都要讲证据……”路易的防线快要崩溃了。

“没有证据，你觉得我今天会坐在这里跟你谈吗？”舒伯华助理轻蔑地一笑。

“那……你们想怎样？”

“很简单，按我说的做。”

MJ 集团各主管部门负责人齐聚在会议室，舒伯华、舒婉莹和许彦行也都在座，听唐娜神情得意地汇报最近的工作情况：

“下一个阶段我们的工作重心是主推新人歌手走进高校。大学生这个市场有着很大的消费潜力，应该说他们即将会成为我们歌手消费群的主体力量，我们把宣传的重心往校园这一块转移才能扩大我们的市场。所以接下来我的工作会更多地偏向组织校内宣传，谢谢。”

唐娜向舒伯华点头示意报告结束，自信满满地坐下。舒伯华环视了一圈，说：“嗯，工作的事情今天就说到这儿，下面我宣布一件事。”

众人的目光都齐刷刷地集中到董事长身上，舒伯华稍稍停顿了下，威严地说：“唐娜正式被公司开除，从今以后不再与公司有任何关系。”

唐娜微笑着的脸顿时僵住，整个人都傻住了，她不敢相信自己的耳朵。众人也纷纷将注意力转移到她身上，小声议论起来。

只见唐娜猛地站起来，气急败坏地质问舒伯华：“凭什么无缘无故地把我开除？这就是你们对待员工的所谓人性化方式吗？舒董，我们是有合同的，你不能这样随随便便就把我给一脚踢开！”

“你要说法是吧，好，我给你。”舒伯华冷静地说，用眼神示意了下坐在旁边的助理。

会议室的门被打开了，路易走了进来。唐娜心里一惊，然后又故作镇静地整理了一下头发，假装不认识他。而路易则毫不犹疑地指着唐娜，面对众人道出了事情的真相：“许先生和林小姐的绯闻是我报道的，但都是这个女人让我干的，她为了要破坏许先生和夏小姐之间的关系，故意让我刊登了这条假新闻……”

许彦行和舒婉莹听了目瞪口呆地看着唐娜。

唐娜疯了一般朝路易大喊："路易！你不要血口喷人！我都不认识你，你……"

看到舒伯华起身要离开，唐娜最后的心理防线也彻底崩溃了，疯狂地跑过去跪在他跟前，抱住他的腿，哭着说："舒董，求求你不要开除我，我做这些都是被逼无奈啊……"

舒伯华的脸上写满了厌恶，挣扎着要走开，舒婉莹和助理赶紧过来扶住他，许彦行则拉开了唐娜。

"舒董，求求您了……如果我被开除的话就只有死路一条了……"唐娜仍在不住地哀求。

舒婉莹和助理扶着舒伯华离开会议室，其他高管们也跟着出去了。许彦行憎恶地看着跌坐在地上的唐娜，同时又觉得她极其可悲。

"你不要怪别人，今天这一切都是你自己一手造成的，人活在世上要讲良心，你自己好好想想吧。"许彦行说完转身离开，剩下唐娜一个人悲戚地面对这间空荡荡的会议室，面对自己一无所有的人生。

许彦行出了公司后就不停地拨打林瞳的手机，可每次得到的回应都是"对不起，您拨打的电话暂时无人接听"。他强迫自己冷静下来想了一下，然后迅速走到停车场，打开车门，发动了引擎……

第十五章

林家的门铃急促地响了起来。林瞳满脸诧异地从卧室里跑出来，一打开门就看到气喘吁吁的许彦行，表情焦急但又透着一股子压抑不住的兴奋。

林瞳先是吃了一惊，反应过来后就想把门给关上，许彦行赶紧伸脚进去，同时用力挤开门缝，来不及歇口气就急切地解释说："林瞳……事情终于清楚了……都是唐娜，都是唐娜的阴谋，我们俩的那些假照片也是她给记者的，誉雯和我醉酒的事也是她搞的鬼！"

林瞳一边堵住门一边安静地听着，没有说话。

许彦行焦躁地问："你听到了没有啊？"

林瞳很平静地说：“嗯，听到了。”

她的态度让许彦行很不解：“林瞳，我是清白的啊！我是被人陷害的！”

“可是我不相信，而且我现在觉得你更无耻，把什么都推到唐娜身上。”林瞳冷冷地说。

许彦行满腔的热情瞬间降到了冰点，任由门被重重地关上。林瞳靠着门，内心百感交集，羞辱、委屈、愤慨、不舍、心疼……她闭上眼睛，用力摇了摇头，想要从脑海里甩开这些乱成一团的情绪，却听到门外边，许彦行在说着什么……

“今天外公已经把唐娜开除了，她勾结的记者也被叫过来对质。那天晚上我被唐娜下了药，真的，而且我也真的没有做对不起你的事情……为什么？为什么你不肯相信我，在你眼中，我就是那么不堪吗？我承认，当初我为了拿到爸爸的手术费，想讨外公欢心，就故意说在和誉雯谈恋爱，但是我已经知道错了，而且就算是当初，我也不会对誉雯做出那种事的……林瞳，为什么你不肯相信我，难道我们之间的感情就这么脆弱吗？你还记不记得，我们说过不管发生什么事都要一起面对的，为什么你现在要让我一个人来承受这一切，连一个解释的机会都不肯给我，为什么你要这么残忍……”

说着说着，许彦行已经忍不住泪流满面。这些日子，他已经承受了太多委屈、太多误会，他不敢想象，如果失去了林瞳，自己会怎么样……

而这时，门那边的林瞳也已经泣不成声了。原来自己真的误会他了，原来他从未背叛过自己，为什么自己就不肯给他解释的机会呢？难道自己害怕听到他跟夏誉雯在一起了？难道自己对他的感情真就这么脆弱吗？听到门外许彦行的声音已经变得嘶哑，林瞳觉得自己的心就像被抽空了一样，痛得无法呼吸，只想紧紧地抱住他，重新拥有那久违的温暖……

林瞳慌乱地把门打开，许彦行完全没有准备，摔了进来，撞到了林瞳身上。两个人就这么跪在地上，狠狠将对方抱住，放声哭泣，任凭眼泪肆意奔流……

可怕的噩梦总算过去了，林瞳的心情也一下子变得大好。今天虽然天公不作美，但是正好可以去图书馆清清静静地看看书。但是，天有不测风云。林瞳正悠闲地翻阅着杂志，突然接到了一个电话……

“什么？爸爸被车撞了？”

林瞳惊魂不定地连忙赶往医院。于丹青无助地坐在抢救室外的椅子上擦着眼泪，看到林瞳来了后愈发哭得厉害了，颤颤巍巍地站起身一边抱住女儿一边惊慌地指着抢救室说：“小瞳……你爸爸……你爸爸他被车撞了……呜呜……满身都是血……”

林瞳拍拍妈妈的肩膀想让她平静下来，这时，抢救室的灯灭了，一个医生从里面走出来问道：“谁是病人家属？”

林瞳赶紧上前说：“我是他的女儿。”

“你父亲被抢救过来了，生命暂时脱离了危险，但是他的颅内有淤血，必须马上动手术取出来，你们家属赶快准备手术费吧。”医生说完又回到了抢救室。

于丹青无助地看着林瞳说："小瞳，怎么办啊？我们哪来的钱帮你爸爸动手术啊……"

林瞳安慰妈妈说不用担心，自己会想办法，然后就开始联系一些亲戚。可是一个一个电话打过去，对方都说没钱，她也有点犯难了。林瞳本来不想自己跟许彦行的关系中出现金钱的因素，她希望两个人在一起是没有任何瑕疵、不带一点杂质的。可是，现在为了爸爸的生命，自己也顾不了那么多了，于是迅速拨通了许彦行的电话。

许彦行得知林柯梦因为车祸住院了之后也吓了一大跳，随即冷静下来安慰林瞳说："没事啊，你先别急，钱的事情我来解决，晚点我过去看你，听到没？"

许彦行挂断电话，前后思考了一下。再从外公那儿拿钱是不行的了，上次因为爸爸的事，就已经在他心中落下阴影了，不能再惊动他老人家了，可是，自己手上也没有那么多钱呀……思来想去，许彦行逐渐锁定了一个目标——吉他吧，那个承载了自己音乐梦想的地方，现在也只有靠它了。

很快，许彦行就找到了原来就一直想要吉他吧的那个买主，谈妥价格后，迅速达成了交易。他拿着对方签下的支票，去银行兑换好现金，便火速赶往医院，交给林瞳支付了手术费。

经过了漫长而紧张的等待后，手术结束了，林柯梦终于脱离了危险。许彦行听到这个消息心里也松了一口气。他想起了父亲，如果父亲现在还活着……该有多好。

这个时候，夏誉希拿着一个牛皮纸袋气喘吁吁地跑了过来："叔叔……叔叔没事儿了吧？你怎么……怎么没告诉我……要用钱吧？这些你先拿着……"说着就把纸袋塞给林瞳，在他后面夏誉雯和严彻也喘着粗气跑来了。

"没事儿了，谢谢你，太急了，我就没通知你们……"林瞳擦了擦眼泪，把钱又还给他说，"已经没事了，手术费彦行已经替我付了，谢谢你。"

听严彻说明了上次的那个下药事件之后，夏誉希也原谅了许彦行，现在一看林瞳又跟他和好了，危急的时候第一时间想到他而不是自己，心里就觉得很不是滋味，在医院待了一会儿，就叫上夏誉雯和严彻离开了。

"唉，人家都说富在深山有远亲，穷在闹市无人问。我正好相反，我是富在闹市无人问啊……"夏誉希边开车边唉声叹气道。

夏誉雯开玩笑说："林瞳要是通知了你，你还不得把咱家给卖了啊，连我的钱她都说实在找不到人借了再说。哥，你还是安心开车吧。"

"去去去，有你什么事儿，你先搞定严彻再说。"

夏誉雯马上搂住严彻的肩膀，冲夏誉希歪了歪脑袋说："搞定。"

"不行，严彻，我得先把你送回家，我是发现了，我妹一见到你神经就有点不太正常。"夏誉希说完这句话后三个人都笑了。

许彦行在医院忙了一天，才疲惫地回家去了。舒婉莹见到他一脸倦容，关心地问：“彦行，你这是干什么去了，怎么累成这样？”

“妈，我回来拿两件衣服还得走，林瞳他爸让车撞了，刚做完手术，我晚上得过去帮忙看着点。”许彦行一边说着，一边走到卧室去拿衣服，舒婉莹还想说什么，又被他打断了：“妈，咱们有什么以后再说，好吗？我现在赶着去医院呢。”

舒婉莹张了张嘴不再说什么，就过去帮许彦行找衣服。许彦行收拾好简单的几件衣物后随手拿起床上的一件外套快步走出卧室，舒婉莹手里拿着一件刚从衣柜里找出来的厚外套，冲着卧室门外喊道：“彦行，晚上外面冷，再带一件厚点的外套吧！”

听到重重的关门声后，舒婉莹无奈地看着手里的外套，摇了摇头，又重新把它叠好放到衣柜里。忽然间，她发现平放在衣柜隔板上的衣物里露出了一张纸的一角，于是好奇地抽出那张纸，翻开一看，原来是一封信，可是才读到第一行，她的眼圈就红了。

婉莹、彦行：

当你看到这封信的时候，我可能已经离开你们了，这次离开就是永别了。我知道你们恨我，那就恨吧，这是我应得的，尽管我不愿这样。有两件事情我一直瞒着你们，一是当初我为什么离你们而去，也就是你们恨我的原因。当年我已经无力养活这个家庭了，和朋友做买卖赔去了我们所有的积蓄和我从朋友那里借的一大笔钱。我不能让你们母子在这样的阴影下过一辈子，所以只能离开你们，相信你们会有更好的归宿。二是我从未离开过这座城市，我用所有的时间去赚钱还债，现在也都已经还完了。很多时候我都想来舒家见见你们，但我没有那个勇气。记得有一次彦行在门口台阶上摔倒，满脸是血。我本想去扶起他，但看见你们出来了，我只能离去……

许建

读完这封迟来的信后，舒婉莹颤抖着双手将信纸小心翼翼放回原处，突然，她的手摸到了什么东西。她缓缓地抽出，是一枚金属戒指，那是当初自己和许建一人一个的爱的见证啊！看着自己手中这个泛着喑哑光泽的戒指，舒婉莹再也忍不住，失声恸哭了起来……原来，他从来没有背叛过自己；原来，他也从来没有忘记过自己。

许彦行提着一大袋水果和营养品推门进入病房，走到病床边，将袋子轻轻放在床旁的柜子上。

林瞳小声地问："买这么多东西干吗啊？"

许彦行也小声地说："应该的，未来女婿嘛。"

两个人一边说着，一边走到病房外的椅子前坐下。

"许彦行，真的很谢谢你，谢谢你这段时间对我们的照顾。"林瞳真诚地说。

许彦行笑笑说："呵呵，你今天怎么变得这么见外了？这态度转变得也太快了……"

林瞳装作生气地说："你先别打岔。"

许彦行装出害怕的样子抱住头，说："我没打岔，只是有点害怕。"

“还有，跟你说件事哦，我辞了夏普专卖店的工作了。”

“啊？辞职了？”许彦行想了想说，“嗯，辞了也好，你又不是女超人，要去学校上课还要兼几份职，现在还要照顾叔叔，光是听上去都累。”

林瞳舒了口气说：“还好现在爸爸的情况稳定下来了，这几天多亏有你们大家帮忙。对了，你的钱是怎么来的？那么大一笔钱，你不会是和你外公借的吧？”

许彦行犹豫了一下，说：“我把吉他吧卖了。”

林瞳一听，又是感动又是心疼，她知道吉他吧是许彦行的心血，原来有人出高价要买他都舍不得，现在居然为了自己，把吉他吧给卖了，自己真不知该说什么好。

许彦行知道林瞳在替自己心疼，就安慰她说：“没关系，我们还年轻，还可以再开一家更好的吉他吧嘛。你要是觉得不好意思，就以身相许吧，最好以后再给我生几个小许彦行出来，然后老大弹吉他，老二拉小提琴，老三……”

看他越说越没正形，林瞳用力打了他一下：“谁要和你生孩子！”

许彦行突然很正经地握住林瞳的手说：“答应我，以后不许不理我，不管你怎么生气，打我也好，骂我也好，就是不准不理我。”

林瞳感动得重重地点了点头，张开双臂，与这个她将珍爱一生的男人紧紧相拥。

夏誉希他们从医院出来后，还不想回家，就直接去了一个小酒吧。

夏誉雯轻轻地晃了晃饮料杯说："哥，你说我去国外了，你会不会想我啊？"

夏誉希不假思索地说："当然会想啦，你是我的好妹妹嘛，就像你到了国外也会想我一样，怎么可能不想呢？"

夏誉雯感动地看着他，夏誉希又开起玩笑来："别，千万别用那种眼神看我啊，就好像咱兄妹俩失散多年后重逢似的。"

严彻在一旁笑出声来，夏誉雯也笑了起来，然后又说："唉，哥，跟你说点正经的，我不放心爸，他一个人我不放心。"

夏誉希和严彻干了一杯啤酒，低下头没说话。

严彻说："誉希，誉雯她说得对，你也该去给你爸贴个里子了，父子之间哪有那么多过不去的事儿啊？"

"就是啊，哥，你要是不去我出国都不放心！"

夏誉希抬头看了看夏誉雯，目光坚定地说："行！"

他们回到家，夏杰还没睡，夏誉雯说了声"爸爸晚安"就上楼去了。夏杰习惯性地跟夏誉希打了一下招呼，像往常一样不会搭理的夏誉希上楼时突然回头。

"爸。"

夏杰愣了一下，夏誉希张了张嘴，犹豫了一下还是说："爸，对不起，以前是我错了。"

"没，没事儿，去睡吧，爸明天给你做早餐。"夏杰一时激动得不知道该说什么，可是心里却已经高兴得不行了。

夏誉希回到卧室里打开灯，仰躺在床上，两眼无神地盯着天花板，然后又转过头看着旁边书桌上母亲的照片发呆，慢慢闭上了眼睛……

“怎么了？是不是遇到什么事了？跟爸爸说说。”夏杰正靠在床头翻看杂志，见儿子突然敲门进来，感觉有点怪怪的，就关心地问。

夏誉希抿起嘴沉默了一下，忽然开口说：“爸，你去找个老伴儿吧！”

夏杰手一抖，杂志掉在了床上，他简直不敢相信自己的耳朵：“誉希，我……”

“我妈走了以后，您一直单身，也该找个老伴儿了。”夏誉希真心地说。

这些天来，他考虑了很多，妹妹的话、林瞳的话、严彻的话，他都记在了心上。这些年来，自己一直玩世不恭、跟爸爸怄气，只不过是在逃避，逃避过去，逃避现实，其实内心里还是非常在乎爸爸、爱爸爸的，同样也希望他能够幸福。妈妈不在这么久了，就算再怎么难过、内疚都于事无补，生活总是会继续的。让爸爸真正获得幸福，相信，这也是妈妈的心愿吧。

看着已经长大懂事的儿子，夏杰感动地说：“誉希，爸爸得等你和誉雯都成家了，再说吧……”

夏誉希眼圈有些泛红了：“刚才我想妈妈了，妈妈好像对我说，她希望你幸福……”

夏杰的眼眶里顿时噙满泪水，幸福地笑了。

可能因为解决了一些不顺的事情吧，最近舒伯华的心情也非常好，靠在沙发上边喝茶边笑着问女儿：“你跟夏杰去度假的事儿，怎么样了？”

舒婉莹敷衍着说：“还得再商量一下。”

“还需要什么商量啊，一起吃个饭约个时间就定下来。彦行就是像你，什么事都好面子，你要是实在不好意思开口，就让我去跟夏杰说。”

“别，爸，我们还是先商量商量再确定一个时间。”

这时许彦行进来了，舒婉莹看出来他要跟舒伯华说什么事，就回自己的房间去了。许彦行在舒伯华对面坐下，犹豫着没敢说出口。看着他为难的样子，舒伯华把茶杯放到茶几上，轻松地说：“刚才还在说你好面子，有什么事儿都自己扛着。现在你妈不在，屋里就咱爷俩，两个男人，有什么话就直说。”

“外公……我有件事儿欺骗了您……”

舒伯华笑笑说：“呵呵，是没去追夏誉雯吧？”

许彦行挠了挠脑袋说：“不光这件……还有……”

舒伯华笑了笑说：“呵呵，你这是给我做总结报告来了，是吧？说吧，外公这阵子心情一直很好，只要你说了我都可以原谅，无论什么事儿。”

“我和林瞳恋爱了。”许彦行终于说出了这句压在心中许久的话，反而觉得轻松了。

谁知舒伯华却说：“好啊，林瞳那孩子不错啊，能坚持自己的意见，是个不错的姑娘。”

“啊？外公，您不生她气了啊？”许彦行愣住了，前些天林瞳辞职时，舒伯华还很不高兴的样子，居然这么平静就接受了自己跟林瞳的事，实在出乎他的意料。难道他不想让自己追求夏誉雯了吗？

看着许彦行不解的样子，舒伯华笑笑说：“哈哈哈！你外公我什么样的大风大浪没见过，我那时是惋惜失去她这么个人才。彦行啊，林瞳进我们家门，我不反对，但她对你是不是真心，这点我要心里有底，派她出差，就是想试试她，看看她是不是真心想和你在一起。结果她还真的辞职了，看到这个我高兴还来不及呢。”

许彦行这才松了一口气，舒伯华接着又说：“彦行啊，外公有件事想问问你，我想把你们那个组合签到公司里来，你有什么看法？”

许彦行想了想说：“这个……外公，我们暂时还是自己先发展发展吧，有您照顾当然好，可我们还年轻，想以我们自己的力量出去闯一闯。”

舒伯华喝了口茶，想了想说：“彦行啊，外公作为过来人，经验多一些，可以跟你们说说，外公同意你的决定，你们可以出去自己闯这个世界，但有些东西是一时半会儿改变不了的，比如你是我的外孙，是我们 MJ 集团的未来接班人，你出去的心情可以理解，但当你们去联系演出的时候，你认为那些演出单位会让你们凭借本事演出吗？当然也有可能，但他们第一个想到的不会是你们的演唱，而是我们 MJ 集团，或者夏杰的夏天集团。这个是你一时半会无法改变的，除非有一天，你们的名气特别大了，MJ 集团都得靠着你的知名度去发展了，那会儿你们才能彻底摆脱这些。”

许彦行低着头，认真地听着、思考着舒伯华的一番话，然后抬起头说：“嗯，外公，我不会让您失望的。”

舒伯华又说：“而且你现在还是需要在公司里做做兼职，管理一些事情，毕竟你是我们 MJ 集团的唯一继承人嘛。”

许彦行点头答应，渐渐地，感觉自己心里有底了。

舒伯华放下茶杯，起身走到书房，从公文包里拿出一个文件袋来递给许彦行，示意他现在就打开。许彦行狐疑地打开一看，居然是吉他吧的租赁合同和营业执照以及一些相关文件。看着外公慈祥的笑容，许彦行一时无言，感动得双手都颤抖起来，原来外公一直都在默默地关注自己、帮助自己……许彦行抬起头，眼里闪烁着泪光，感激地说：“外公，谢谢您……”

“那你就好好做，证明给外公看。”舒伯华慈爱地笑着，拍了拍许彦行宽阔的肩膀。

林柯梦经过几天的治疗，终于可以正常进食了，而且能够开口说话了，不过还是很虚弱：“咳咳咳……本来上午就能醒的，可是我做了个梦，梦见林瞳和彦行成婚了，就在婚礼现场多待了一会儿……”

“呵呵呵，你醒了就好。”于丹青一边笑着说，一边用手背擦拭着湿润的眼睛。

主治医生进来帮他检查了一下身体后，说："嗯，你现在的状况很稳定，恢复得也不错，应该没有什么问题了。"

这时大家心里的那块石头才真正落了下来。林柯梦压低声音朝许彦行说："我真的梦见你和林瞳结婚了。"

许彦行笑笑说："呵呵，叔叔，等您好了，我们就遵照您的指示，结婚。"

林瞳在他的胳膊上狠狠地拧了一下，许彦行疼得一咧嘴，又补充说："大学现在允许结婚了，哎哟……"

林柯梦脱离了危险，林瞳的心情好起来，许彦行也终于能开心地回家了。舒婉莹见他满脸的阳光灿烂，就问道："很少看见你这么高兴啊，林伯伯那儿怎么样了？"

"已经醒过来了，医生说只要休养，就没什么大事儿了，严彻和誉雯在那儿陪着呢。妈，您今天看起来真漂亮！"

舒婉莹笑了笑说："呵呵，那妈妈哪天不漂亮吗？"

"不不，每天都漂亮，今天更漂亮！"许彦行喝了一大口水说。

舒婉莹犹豫了一下，还是问道："我……你觉得你……夏叔叔他人怎么样？"

"很好啊，为人坦荡、稳重又热情，还长得帅。"许彦行半开玩笑半认真，温柔地看着舒婉莹说，"我同意。"

舒婉莹有点不好意思了："你同意什么啊？公司要安排和你夏叔叔他们公司去旅游，就是出去转转，放松一下。"

许彦行笑着说："妈，不管您做什么，我都同意，只要您高兴。"

第二天，许彦行和夏誉雯约在咖啡馆见面，两个人对双方父母在一起的事都一致表示绝对赞成。碰巧这个时候林瞳拎着几杯豆浆路过，一抬头正好看见许彦行和夏誉雯在咖啡馆里有说有笑，许彦行还特地走到夏誉雯的座位上去，两人背对着窗户，很是亲密地用手机合影。她快步走到窗户外面，正伸手想过去敲……却在半空中停住，然后慢慢地转过身，落寞地走远。

两个人却对刚刚窗外的一切毫无察觉，一起挑着刚才用手机拍下的合影。许彦行忽然指着手机说："就这张吧，将这张照片发给你爸和我妈，告诉他们子女都郑重同意了。"

夏誉雯想了想说："不对，子女都同意了，还有我哥呢。"

许彦行很镇静地说："你哥？看我妈那高兴样，估计是你爸已经说了，你爸要是都说了，估计你哥也就同意了，要不然你爸是不会说出口的。"

"嗯，你分析得对，我爸肯定会走这样的程序。"

许彦行坐回自己的位子，仔细翻看着刚照的合影说："还别说，咱俩还真有点儿兄妹相。"

"呵呵，都哪像啊？鼻子的数目一样啊，还是眼睛的数目一样？"

"问得好，我再仔细看看啊。"

夏誉雯喝下一口奶茶，说："再仔细看也不会多出一个鼻子或一双眼睛的。"

许彦行突然瞪大眼睛盯着照片说："不对啊，这里没有多出一双眼睛或一个鼻子，是多出来了一个人！啊……是林瞳！"

夏誉雯接过手机一看，确实是林瞳！那她为什么没进来呢？不会又误会自己和许彦行怎么了吧？于是她赶紧催许彦行去跟林瞳解释。

林瞳刚送完豆浆从医院走出来，就撞见了飞奔而来的许彦行。

"林瞳，这个……我，我想跟你解释一下，刚才在咖啡馆里其实是……"

林瞳淡淡地一笑，说："其实解释永远是多余的，对于信任你的人，根本用不着解释，而对于不信任你的人，解释再多也没有用。"

许彦行疑惑地看着她，林瞳又说："你，还有誉雯，都是我信任的人。"

许彦行听了惊喜地说："谢谢你，林瞳！不过……你真的一点也不生气？"

"这个嘛……我承认当时看到那一幕的时候是有些吃惊，还有……"林瞳看他等着自己继续说下去的样子，故意不说了，继续往前走着。

许彦行紧跟着她说："其实你生气才是正常的，我不介意，真的，说明你心里在乎我，是吧。"

林瞳没说话，向前快步走着，许彦行则继续边走边说："还有啊，虽然你相信我们，但我还是要告诉你，当时我们拍照就是想发个合影告诉夏叔叔和我妈，我们做子女的同意他们在一起了……唉，林瞳你走那么快干吗……”

林瞳终于又开口了:“好吧，我那会儿心里是有些不舒服，你可不可以不这么唠叨啊……我得去买些鸡蛋回家给我爸做鸡蛋羹。”

“你刚才说什么？”

“我要去买鸡蛋做鸡蛋羹。”

“不是，前面那句。”

“你可不可以不这么唠叨。”

“……再前面那句？”

林瞳没再理他，快步走到马路旁拦了辆出租车打开车门，许彦行赶紧跟着坐了上去。

这一天夏誉希提着一个水果篮、两盒补品到医院来看望林瞳的爸爸，远远地，就看到一个漂亮的短发女生，穿一身可爱的白纱公主连衣裙，正在跟一个护士说话。她就像阳光一样灿烂，笑得那么美……夏誉希不由自主地停下来，痴痴地看着她……她也是我们学校的吧，好像是叫……文楠，对，文楠。不过平时她看起来更像个男孩子，今天这么一打扮，也挺漂亮的嘛。

文楠这时也注意到了夏誉希，看他一副呆呆的样子，就叫了他一声:“夏誉希！”

夏誉希傻傻地看着文楠说:“你……”

“我怎么了？”文楠疑惑地摸摸自己的脸。

夏誉希歪着头想了想，说:“你今天……很女人……”

文楠没好气地说："我平时很男人吗？"

夏誉希赶紧解释道："不是，我是说你今天很漂亮，是非常漂亮。"

文楠往他的身后看了看，夏誉希也跟着回头看了看，正搞不清状况，谁知文楠说："今天嘴这么甜啊，肯定是做了什么亏心事儿了，又把哪位校花给糊弄到医院来了啊？我会给你保密的。"

"怎么说话呢，我是那人吗？"

"你是不是什么人，你自己心里最清楚啊。"文楠又转头对护士说，"走吧，这种人根本别搭理他。"

夏誉希愣愣地站在原地，嘴里小声地念叨着："什么嘛……以前怎么都没注意到呢？文楠……"

第十六章

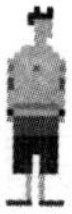

“誉雯，你真的舍得离开吗？”林瞳看着她认真地问。

此时许彦行、夏誉希和严彻三个人在吉他吧的舞台上反复地演练着，林瞳和夏誉雯还有另外几个工作人员坐在台下等着他们最后的彩排开始。夏誉雯看着台上一边给吉他调音一边试唱的严彻，她从包里掏出手机开始录像……

那天，严彻选了个好天气约她一起来到海边，因为他答应过她，要好好陪她玩上一天，结果谁知道她的精力实在是太旺盛了，在海滩上一路疯跑，严彻跟在后面累得气喘吁吁。

“誉雯，没想到你……体力这么好，我这个跆拳道教练……甘拜下风……”

“哈哈哈，我自己都……都没想到……”夏誉雯回头看了看他，也感觉有点累了，索性往沙滩上一倒。

严彻笑着追上来，倒在了她身边，两人躺在沙滩上，静静地仰望着湛蓝的天空。

“你以后就做一名歌手了吗？”夏誉雯伸出手，勾勒着白云的轮廓问道。

“嗯，我只做歌手，其他的什么都不做，一心一意地唱歌。有人喜欢听，我就会唱，人也不需要很多，有就可以了。”

夏誉雯羡慕地说：“你真好，清楚地知道自己想要的是什么。”

“对了，你想做点什么？”严彻扭头问道。

“不太清楚……可能是和我爱的人在一起照顾好我爸。”夏誉雯有些迷惘。

“嗯，这样也挺好的，我也希望有个这样简单的梦想。”严彻重新望向那深邃而纯净的天空。

夏誉雯收回手，转过头看着他，心想：其实，我还想和你在一起，慢慢变老……

“当时做这个决定的时候我也想了好久，但我知道继续留在这里我也改变不了什么，还不如出去散散心，开开眼界。”夏誉雯将那份失落深深地掩藏在心底，希望可以借此换来那梦寐以求的幸福。

林瞳微微地点点头说："也好，说不定还能带来一些转机，不是有句话说分离是为了更好的相聚么？"

"呵呵，我也这样想过，但愿吧。"

"到了堪培拉要好好照顾自己，保持联系。"林瞳不舍地看着她说。

"知道啦，爸爸说他会和舒阿姨一起陪我去适应一段时间，所以你不用担心啦。"

"嗯……"林瞳还想再说些什么，让她改变主意，却被跳下舞台的许彦行拉到一边。

"待会儿没事吧？带你去一个地方。"许彦行严肃、克制的神情让林瞳不好再问什么了，就点头答应了。

"我们到底是要去哪呀？"看着周围越来越陌生的环境，林瞳很纳闷。

"我爸住的地方。"

林瞳站住看着他，不确定地问："你爸？他……他也住在城里？"

许彦行点点头说："他一直住在这座城市，当初他唱歌不赚钱，为了养活这个家就和朋友一起做生意，结果赔了很多钱，为了不让我妈和我受苦，他就离开我们，逼着我们回了外公家。"

"你是怎么知道的？"

许彦行解释说："那天从墓地回来之后，我翻了翻他在医院留下的一些东西，在里面发现了一封信，是写给我妈和我的。"

“这个事，阿姨知道吗？”

“我没有告诉她，她现在和夏叔叔关系很好，我怕影响了她的生活。这个世界上有些事情你总是说不清楚，有时候糊涂点比清醒点更好。”

“嗯……”

两个人说着说着，不知不觉就来到了许建曾经住过的房子。推门而入，客厅装饰和布置都很简陋，茶几和椅子上都已经落满了一层厚厚的灰尘。许彦行走到一张破旧的沙发前，拿起一只木制的黄色小鸭子玩具，感叹地说：“这是当初他走的时候，答应要买给我的，没想到，他真的买了……”

林瞳走过来拉着许彦行的胳膊说：“看来许叔叔一直想着你。”

许彦行伤感地说：“他说，他一直在暗中关注着我和我妈，想我们的时候就会偷偷地过来看看。记得小时候，有一次在外公家门外，我摔倒了，满脸是血，妈妈和外公听见我哭，就出来把我抱了进去，那会儿正好他也看见了，他想过来把我抱起来，但妈妈和外公出来了……”

林瞳轻轻地抱住了许彦行，却猛然发现舒婉莹也来了，于是轻声地叫了出来：“阿姨……”

许彦行回过头来，已经泪眼婆娑了。他一直以为是爸爸背叛了自己，自从看完那封信，才知道原来他是为了保护自己。今天来到这里，只是想看看他生活了二十年的地方……他一定过得很艰难吧……想到爸爸一次又一次地去偷偷看自己跟妈妈，明明关心着，却从不敢出现，想着他的心痛、他的无奈、他的悲伤……许彦行忍不住再次哭泣，轻轻地搂住同样泪流成河的母亲。

三个人彼此拥抱，彼此温暖。生者的幸福，就是逝者最大的心愿吧。

二十年，能改变很多事情，可是有一些事，仿佛永远都不会变，比如，和舒婉莹一起，喝喝咖啡……就这么一想，夏杰还是会觉得很紧张，好像一瞬间回到了那年少的时光，总喜欢悄悄走到婉莹身后，看着她的背影，却没有勇气跑过去牵她的手……正想着，舒婉莹如约而至，夏杰从回忆里醒来，赶紧起身走到桌子对面，很绅士地为舒婉莹拉开椅子。

“真像做梦呀……我走了，你结婚了，后来，你单身了，我现在也……真是难以置信啊！”虽然已经得到了孩子们真挚的祝福，可舒婉莹还是觉得这种感觉很不真实，满心感慨。

夏杰笑了笑说：“也许这就是命运吧！我们注定要完成那场迟到了二十年的婚礼。”

“嗯，也许吧……誉希现在应该完全原谅你了吧？”

“嗯……我最对不起的就是这孩子了，自从茹月走后，他就一直对我心怀怨恨，不过现在……终于一切都好起来了。”夏杰眺望着远方感叹道。

“彦行也是，从小就特别懂事，自打我们娘俩重新回来之后，就处处讨好他外公，想帮着我求得原谅，这么多年过去，也够难为他的了……”

夏杰见她有些伤感，就转移话题说："我们不想那些了，呵呵，今天出来吃点饭，顺便聊聊我们送誉雯去澳洲的事，应该开心点，来，我敬你一杯。"

舒婉莹笑着点点头，举起酒杯迎了上去。

其实也就像舒伯华所说的那样，只要儿女们都能有个好的归宿，找到人生的另一半，安安心心地生活下去，就是父母们最大的幸福了。一直让人闹心的夏誉希，自从林瞳名花有主以后，他消沉了一阵子，最近又活跃了起来。

"姓名？"

"夏誉希。"

"年龄？"

"21 周岁。"

"身高体重？"

"182 厘米，78 公斤。"

"学历？专业？"

"大本在读，音乐。"

"工作经验？"

"做过或者试图做过一些女孩的男友，目前失业在家。"

"谈谈你对以前雇主的印象。"

"都是美女，"刚说出口，一看文楠不高兴，夏誉希马上补充说，"但都是赝品。"

文楠停下手中的笔，瞪了他一眼，但心里却很高兴，喝了一口咖啡，继续边记录边问：“对以前的雇主有这样的印象可不好，谈谈你现在想找一份什么工作？”

夏誉希作出一本正经的样子说：“全职男友。”

“你能为这份工作做什么？”

“全天候守在你身边，为你服务。”

文楠马上说：“那还是算了，我们应该完全按照新《劳动法》的规定，不能随意增加劳动时间。”

“我申请加班儿！”

“不予批准。”

夏誉希无奈地叹了口气。

“但也不准消极怠工，自我评价一下。”

夏誉希马上滔滔不绝起来：“帅气中透着理想，才华中突显自信……”

文楠赶紧制止他说：“停！可以啦。谈谈你对薪金待遇的要求，如果工资和工作经验成正比的话，那你的工资我可掏不起。”

夏誉希嬉皮笑脸地说：“嘿嘿嘿，工资全免，如果出现加班的情况，凑够一个月的时间，我会向公司支付马尔代夫双人游的全程费用。”

文楠强忍住笑意，将笔记本递给夏誉希说：“核实一下，如果没什么意见就签个字回家等着吧。”

夏誉希有点着急地说：“别啊，我是真心的。”

文楠拿出小镜子装模作样地照着，说：“想追本姑娘的人多的是，发你一个号码先排着，哪天轮到你了，我自然会通知你。”

夏誉希痴情地看着她说：“我诚心申请加塞儿。”头突然就被文楠重重地用手指弹了一下。

夏誉希自从认识了文楠之后，就成了文楠的专职跟班，几乎天天陪她学习、聊天加逛街。不过文楠逛街也从来不会要他买贵重的东西，反而还会装作无所谓的样子买几件其实经过认真挑选的礼物送给他，让他觉得既温暖又感动。

这一天他刚陪文楠逛街回去，就被妹妹推进了卧室。夏誉希问：“说吧，什么事儿这么神神秘秘的？”

夏誉雯笑着说：“呵呵，跟你商量个事儿，是关于爸和舒阿姨的。”

“我不都没意见了吗？”

夏誉雯掏出手机，找出她和许彦行在咖啡馆照的那张相片给夏誉希看，说：“我和彦行照的。”

夏誉希端详着照片看着夏誉雯一脸开心的样子，有些吃醋地说：“切，怎么感觉比和我照相还亲啊，我可是你亲哥啊。”

“嘿嘿，我们想的是，通过照片告诉爸和舒阿姨，我们都同意他们早点在一起。”

“怎么同意？就你们俩啊？”显然夏誉希对这个无视自己的妹妹很不满意。

夏誉雯撒娇地说：“这不就求你吗？你PS技术好，把你自己也P

上去，也把咱爸和舒阿姨P上去，弄成一张全家福。”

“行，交给我吧。这种体力活只能交给我做。不对啊，许彦行他怎么不做啊？”

“一开始光想把你给P上去，后来我想了想，还是弄一张全家福吧，但他没有咱爸的生活照，所以我就想让你来完成这一光荣而艰巨的任务啦。”

“行吧，就看在我妹的分上。”

夏誉雯帮他打开电脑，拿U盘把照片复制到电脑上。夏誉希拉过一把椅子坐到电脑前面，开始工作起来。没过多久，就听他轻松地说：“好啦，过来看看。”

夏誉雯过来一看，发现严彻也在全家福当中，而且就站在自己身边，羞恼地说：“不行啊，快去掉！”

“哈哈哈，这是另一张，”夏誉希得意地笑着，随手点开另外一张图片说，“看这张。”

在一家咖啡馆的窗户前，夏杰和舒婉莹一脸幸福地坐在椅子上，他们身后站着笑容满面的许彦行、夏誉雯和夏誉希。

夏誉雯赞叹道：“嗯，这张还不错，像那么回事儿，OK啦！”

夏誉希一边保存全家福一边关心地问：“你和严彻到底怎么样了？你都要走了。”

“还不清楚……”夏誉雯苦恼地说。

“别不清楚啊，你都快要走了，他必须要有一个态度，要不哥替你去问问他。”

夏誉希有点着急了，说着拿起手机就要打给严彻，夏誉雯赶紧拦住他说：“别，哥，还是让我自己解决吧，我们说好先做朋友的。”

“唉，你啊……行，凡事都勇敢点吧。”夏誉希不放心地嘱咐着。

“来，为我们乐队即将举行的校园演出干杯，预祝我们的演出成功！”吉他吧里，林瞳看着围坐在桌子旁的大家，举起一杯可乐说。

“没错，大家在一起努力，一定会走向成功！”许彦行也举着酒杯说。

六个人一饮而尽后，夏誉雯使了个坏坏的眼神对文楠说：“文楠，你可要好好看着我哥哦。”

夏誉希不满地抗议：“唉，你哥像坏人么？”

文楠倒是做了个 OK 的手势，很有把握地说：“放心吧，誉雯，你安心地去堪培拉，你哥交给我管理就行了。”

“哥，我有一个请求，你能答应我吗？”夏誉雯忽然又严肃起来。

“说吧，妹妹，有什么事儿跟哥说。”

夏誉雯看了看许彦行，说：“我希望你们俩喝一杯酒，以后不要再互相吵架了。”

林瞳给许彦行满上酒，文楠也给夏誉希满上酒。许彦行看着夏誉雯，夏誉希却看着天花板。这时严彻看不下去了，端起酒杯说：“来吧，二位，誉雯都提出来了，这样吧，我陪你们喝一杯，都是爷们儿，以前的事儿就让它彻底翻过去吧，干！”

机场候机大厅里人来人往，严彻帮夏誉雯拎着行李包，许彦行、夏誉希、林瞳和文楠跟在他们后面。舒婉莹挽着夏杰，走在孩子们旁边，在收到他们精心设计的全家福后，已经明白了儿女们心意的两人，可以没有任何负担地在一起了。

马上就要登机了，夏誉雯抑制住深深的感伤，强装乐观地说："行啦，该说的话刚才车上都已经说过了，这种送人的场面太传统了，就免了吧，等着我从堪培拉回来给你们带礼物吧！"

林瞳安慰她说："誉雯，我会拿彦行的手机经常给你打国际长途的。"

许彦行笑着说："得，都是为了我妹妹，我就忍啦！"

夏誉希对严彻说："严彻你往前送送誉雯吧，我们就往回撤了。"

"嗯，都回吧。"严彻招呼着大家，转而又轻声地叮嘱夏誉雯说，"誉雯，你到那边多注意自己的身体，不要太累了。"

夏誉雯深情地看着严彻，憋着在眼圈里打转的泪水，说："我真的要走了，你说过我到了那边你会陪我上网聊天的。"

"嗯，我会的。"严彻从兜里拿出一个小盒子，交给夏誉雯，"到了飞机上再看。"

夏誉雯收下盒子，终于忍不住扑到严彻怀里哭了起来："呜呜呜……我会的……我会早点回来的……你要等着我回来……"

严彻摸着她的头发说："嗯，我会的，我会一直等着你回来。"

这时，督促旅客登机的广播再次响起，舒婉莹跟夏杰也走了过来。严彻将行李包递给夏誉雯，看着他们慢慢走远，他在心里默默地祝福：

"誉雯，在那边的每一天，都要开心，记得，有一个人会永远在这里祝福你，等你归来。"

夏誉雯到了飞机上坐下后，双手有些颤抖地打开了严彻交给她的盒子，盒子里静静地躺着一块小石板，跟林瞳过生日时严彻送的一模一样，只是上面画了两个小人，靠在一起静静地坐着，上面还刻着两个名字：夏誉雯，严彻。

夏誉雯擦了擦夺眶而出的眼泪，打开压在石板下的小卡片，看完写在上面的一句话后，就再也控制不住地失声恸哭起来：其实，我还有一个心愿，就是和你一起，慢慢变老。

学校礼堂内漆黑一片，坐在台下的人群兴奋而又紧张地等着什么，不时小声交谈着。林柯梦和于丹青手挽着手坐在前排，很是激动。林瞳和文楠坐在他俩旁边，也兴奋地瞪大眼睛，时刻准备着释放自己的尖叫。忽然，一束追光灯啪地闪现，在观众席间迂回扫过之后，停在了舞台的幕布中央。

随着一阵急促的鼓声响起，幕布缓缓拉开，追光灯也消失不见了，三个帅气的黑色剪影出现在大家面前，人群中顿时掀起一阵欢呼，站在舞台旁的舒伯华也高兴地拿起相机频频按下快门。眨眼间，整个舞台突然被绚丽的灯光照亮，仿佛所有阴霾遮蔽前方道路的，也在这一刻被瞬间驱散。

"One、Two、Three，Go!"